古歌そぞろ歩き

島田修三

本阿弥書店

目次＊古歌そぞろ歩き

装幀　渡邉聡司

古歌そぞろ歩き

島田修三

春

石走《いはばし》る垂水《たるみ》の上のさわらびの萌え出づる春になりにけるかも

志貴皇子　万葉集　巻8・一四一八

「志貴皇子の懽《よろこ》びの御歌一首」と題詞にある。声に出して読みあげてみると、凛と張って、しかものびやかな調べがなんとも心地よい。口ずさみながら、なるほど「懽びの御歌」だと納得してしまう。万葉季節歌巻を代表する巻八の巻頭におかれているから、万葉人にとっても、春の古歌とくれば、まずこの歌をおいては考えられなかったのかも知れない。

「石走る」は「垂水＝滝」にかかる枕詞とされるが、岩を打ちながら勢いよく落ちる水の情景のみならず、盛んな水のたぎちも聴こえて来ないか。聴覚的イメージも喚ぶようだ。さらに、水流の激しさは雪解けも思わせるから、清冽に冷たい水が連想される。そのほとりにわらびの初々しい新芽が萌えでているのである。ここまでが志貴皇子の眼に映った鮮やかな早春の情景ということになる。

「萌え出づる」までの情景描写は句切れなしのまま、畳み掛けるような修飾句として「春」にかかる。それはあたかも滝の激流とわらびの生命力が一気呵成に「春」の一語へと流れ落ちてくるような感をそそる。しかし、字余り「に」と、それに続く重厚な詠嘆表現「なりにけるかも」が畳みかける語勢をがっしりと受けとめて揺るぎがない。特に「に」の、結句とのあいだに間を置くような緩衝材的な働きは絶妙。これが凛々たる強い調べを柔らかく支えているかと思う。

志貴皇子は天智天皇の子だが、長い天武・持統系の治世下にあって政権の中枢からは遠ざけられた。その皇子がのびやかな調べで春到来の「懽び」を歌っている。春を迎える生き生きとした気息が一千年を遥かに越えて、この調べとともに私にも伝わってくる。まさに「懽び」ではなかろうか。

道のべに菫つみつつ鉢之子《はちのこ》を忘れてぞ来《こ》しあはれ鉢之子　良寛　良寛歌集

一般に知られる良寛像は、越後国上山《くがみ》の五合庵につつましく暮らし、親しみやすい飄々とした人柄で在地の人々に深く慕われた曹洞宗の禅僧だろう。しかし禅僧といっても、良寛は住職寺をもたぬ乞《こつ》食雲水《じきうんすい》の境涯の人であった。したがって食べていく基本は托鉢であり、五合庵も、その後に移った乙《おと》子《こ》神社の草庵も仮住まいに過ぎなかった。

この歌も乞食雲水生活のなかから詠まれたものだが、飄逸な味わいにはいかにも良寛らしいゆとりがある。「鉢之子」とは托鉢僧が持ちあるく鉢のこと。これで喜捨の米や金銭を受ける。いわば糊口をしのぎ、命をつなぐ重要な道具なのだが、道ばたで春の「菫」を摘むのに夢中になって忘れてきてしまった、ああ「鉢之子」よ、と歌うわけである。

もちろん一首の本歌というか、意識されているのは山部赤人の「春の野に菫つみにと来しわれそ野をなつかしみ一夜《ひとよ》寝にけり」（巻8・一四二四）という万葉歌であろう。王朝的風雅の芽生えをうかがわせる歌だが、良寛のほうは、万葉的な格調を踏まえながら、もっと身近な題材、つまり暢気なわが失敗譚を歌う。良寛に限らず、これが江戸末期の万葉調歌人たちの新風であった。良寛の場合は、そこに人間性と相俟って世俗離れした飄逸な味わいがにじむ。口ずさんでいると、なんだか愉快になるような味わいである。

「鉢之子をわが忘るれど人とらずとる人はなしあはれ鉢之子」という類歌もあり、ともに今でいうところのトホホ感にみちた歌いぶり。口ずさみつつ作られたような軽快な調べをもつ歌だが、格調は決して低くない。良寛が万葉をどのように享受していたか、ふと合点がいく。

霞立ち木の芽もはるの雪降れば花なき里も花ぞ散りける

紀貫之　古今和歌集　巻1・九

早春の情景に春たけなわの情景を見事にオーバーラップさせた一首。二句目までが、一首の形象する世界に直接的に関わった有心の序である。霞がうららかに立ち、木の芽も萌芽直前までふくらみ張っている春の生動の情景がまず描かれる。その「張る」を同音「春」に掛け、ここを二重文脈として「春の雪降れば」と以下の文脈につなぐ。

実景として考えれば、霞と雪が共存しているのはなにやら怪訝の感もあるし、この雪によって、春の生動を端的に描いた二句目までのイメージがうち消されかねない。しかも、「花なき里」と冬ざれの名残の人里を想わせる句が畳みかけられるのだ。しかし、そこまでの流れは、結句「花ぞ散りける」で一気に反転されてしまう。春爛漫の情景が、文字どおり華やかに出現するのである。

読者が一首に見るのは冷え冷えと雪の降る里であると同時に、のどかに桜花の舞い散る里の情景である。技法としては見立てということになるが、貫之が試みているのは、ことばによる非現実・非日常の実現だった。「花なき里」に、うつつには見えるはずもない「花散る里」のイメージを二重写しにして見せたのだ。それは雪を見ながら花に憧れる王朝人、貫之の心そのものでもあろう。

雪を花に見立てるのは月並みな感じもするが、それは後世を生きる人間の賢しらに過ぎない。万葉にも中国詩の影響下に「わが園に梅の花散るひさかたの天《あめ》より雪の流れ来るかも」(巻5・八二二)といった梅花を雪に見立てる趣向の歌はあることはあるが、心とことばの繊細にして華麗な調和を見せる貫之の歌境とはまだ距離がある。

梅《むめ》が香におどろかれつつ春の夜《よ》の闇こそ人はあくがらしけれ

和泉式部　千載和歌集　巻1・二三

梅の香りに、はっと目が醒めるような思いがした、と溜め息のように歌いだされる。それまでは、闇のなかにほのかにただよう香りを、まさか梅の香とは思ってもいなかったわけである。むろん待ちつづける恋人の、香《こう》を焚きしめた袖の香だとばかり思っていたのだ。ああ、春の夜の闇は人の心をうわの空にさせてしまうもの、と再び深い溜め息のように歌いおさめられる。

『古今和歌集』以降、梅と闇はつきものになっていくが、あれほど芳しい香りが前代の万葉ではほとんど歌われていない。唯一「梅の花香をかぐはしみ遠けども心もしのに君をしそ思ふ」(巻20・四五〇〇)という一首があるのみ。新しい外来の鑑賞植物として梅は奈良朝貴族の庭園に競うように植えられたはずである。嗅覚的イメージをことばの美に抽象化するのには、やはり相応の歳月が必要だったのだろう。

ところで、この和泉式部の歌は、『古今和歌集』で共有された梅と闇の歌の趣向とは異なる発想へと一歩踏みだしているように思う。『古今和歌集』では「梅の花にほふ春べはくらふ山闇に越ゆれどしるくぞありける」（巻1・三九）というように、闇のなかを漂う梅花のいちじるしい芳香に焦点がしぼられる歌が多い。しかし、この歌では春の夜の闇そのものが重要なモチーフになっている。

この闇は分別を失って人に恋いこがれる心の闇でもある。濃い梅の香を恋人の袖の香と錯覚させるほど深い心の闇なのであった。『古今和歌集』成立から百年、梅の香は闇をともなって心の複雑な迷路にまでおよぶ陰影ある歌ことばとして熟成していった。

大空は梅《むめ》のにほひに霞みつつ曇りもはてぬ春の夜《よ》の月

藤原定家　新古今和歌集　巻1・四〇

大空は梅の匂いでぼんやりと霞んでいるけれども、曇り果ててしまうというほどでもない、その春の夜の大空に浮かぶ朧月よ、と歌う。題詞によれば、初出は「守覚法親王家五十首」に詠出したものだが、定家はこれを快心の作としたらしく、自撰の「定家卿百番自歌合」にも採用している。

この歌の凄みのようなものは、本歌と比較してみると歴然とする。大江千里の「照りもせず曇りもはてぬ春の夜の朧月夜にしくものぞなき」が本歌である。この歌は『新古今和歌集』にも入集しており（巻1・55）、白楽天「嘉陵春夜詩」の一節「明らかならず暗からず朧々たる月」を句題としている。これを千里の一首は単純明快に歌ことばに翻案、最大級の讃を添えて見せたという趣向だろう。

こうした観念的な説明性は定家の歌には一切ない。いきなりむせかえるような梅の香を大空に立ちこめさせるのだ。つづいて、頭がくらくらしてくるような嗅覚的イメージを「霞みつつ」という空間の広がりをもった視覚的イメージに置きかえる。このあたりの呼吸には気魄というか、現実にはほとんどありえない美を歌いすえようとするダイナミックな凄みがみなぎる。感覚に腕力というものがあるとしたら、こういう呼吸に凄まじい腕力を私は感じる。

その凄みある腕力は下句で穏やかに収束される。父俊成の説いた「昔の歌の詞を改めずよみすゑたるを、即ち本歌と申す」（『近代秀歌』）という約束事どおりに千里の歌の面影が慕わしく添えられる。この静かな結びから名状しがたい余韻が生まれるわけだ。それを仮に余情妖艶というならば、まあ、そういうことになるのだろう。

花ぐはし桜の愛《め》でこと愛でば早くは愛でずわが愛づる子ら

允恭天皇　日本書紀歌謡六七

花の美しさよ、桜の花の愛すべきことよ、その桜と同じようにいとおしむなら、もっと早くからいとおしめばよかった、そうできず惜しいことをしてしまった、私の愛する人よ、と歌う。ここで天皇の寵愛の対象となるのは桜の花であり、桜の花にたとえられるべき女である。

『日本書紀』では、允恭天皇が皇后の美しい妹、衣通郎女《そとおしのいらつめ》のいる藤原宮にひさしぶりに通い、恋い焦がれていた郎女と一夜をともにした翌朝、井戸のほとりの桜の花を見て歌ったという文脈に置かれる。皇后は「容姿絶妙れて比無し《かほすぐれてたぐひなし》」という妹への夫の寵愛ぶりに嫉妬、天皇を彼女に近づけさせなかったのである。なお、この衣通郎女は実兄木梨軽太子と悲劇的な近親相姦に陥る『古事記』の衣通郎女とは別人。

そういう厄介な事情を背景とした物語歌謡なのだが、「めで」「めでば」「めでず」「めづる」と「めづ」の多彩な活用形がリズミカルに畳みかけられ、本来は允恭紀とは無縁の口誦歌謡だったのではないかと思わせる。初句、二句で切れる語法も歌謡の古格をうかがわせる。記紀歌謡の多くを古代和歌史の先蹤とする文学史観にしたがえば、これは歌の歴史でもっとも古い桜花讃美の歌ということになる。桜花を若い女の美にたとえた歌としても同様であろう。

衣通郎女は白く輝く地肌が衣を通して透けてしまうような危うい美しさをもつ少女。時分の花ということもあったろう。もっと早くに愛していれば、という後悔の念が一首に強く表出されるのは、桜の全盛期の短いことが前提となっているのかも知れない。遠い古代の人々も、匂うような山桜の花に命の盛りにある女性美を重ねていたようだ。

春さらばかざしにせむと我《あ》が思ひし桜の花は散りゆけるかも

作者未詳　万葉集　巻16・三七八六

春がやって来たら、かざし（かんざし）として髪に挿そうと私が思っていた桜の花は、あっけなく散ってしまった、ああ、と強い感嘆をこめて歌う。花期の短い桜を惜しむ季節雑歌として通用する一首だが、万葉の部立では「譬喩歌」（寓喩表現を取る相聞歌）として読むべき長い題詞をもつ。

昔、桜児《さくらこ》という娘が二人の青年に愛され、彼女をめぐって二人は挑みあい、命がけの争いをした。桜児はみずからの死のほかに争いをとめる術がないと考え、林に入り樹に首を吊って果てた、と題詞は語る。葛飾の真間娘子《ままのおとめ》伝承や菟原処女《うないおとめ》伝承などとともに、桜児伝承は複数の男に求愛される美女のパターン化された古代悲話だったらしい。こうした悲話が歌をともなって古代の人々の間で伝承されていた。

掲出歌はこの桜児の死を嘆き、二人の青年がそれぞれ歌ったという二首中の「其一」である。題詞に添って解すれば、一首の歌う「桜の花」は桜児の暗喩ということになり、「かざしにせむ」も彼女を妻としてわが身に添えたい、という意味を帯びる。「妹が名にかけたる桜花咲かば常にや恋ひむいや年のはに」（三七八七）という「其二」を並べれば、桜が暗喩であることはさらに明確になる。ここにも、桜の花を命の盛りの女性美と重ねる意識が見られる。

『正倉院文書』の「下総国倉麻郡意布郷戸籍」に「女藤原部桜売《むすめふぢはらべのさくらめ》」「女藤原部小桜売《こさくらめ》」「女藤原部真桜売《まさくらめ》」という少女三姉妹の名が残されていることを伊藤博『万葉集釈注』が紹介しているが、美しい娘であれよ、と願う親心がほほえましい。すでに奈良時代には、桜の美しさへの憧れが東国にいたるまで共同化されていたのである。

しき嶋のやまと心を人とはば朝日ににほふ山ざくら花

本居宣長　自画自賛の歌

寛政二（一七九〇）年八月、本居宣長数え年六十一歳の時、自筆肖像画の余白に附した一首、つまり自画自讃の歌である。題詞に「筆能都い天尓《のつてに》」とある。万葉仮名を交えながらも、なんとなく洒脱な感がある。自讃の歌も万葉仮名とひらがなを自在にまぜた表記となっている。

歌意は単純明快そのもの。しきしまの大和心とは何か、と人がもし問うならば、それは朝日にかがやく美しい山桜の花であると答えよう、というのである。「めづらしきこまもろこしの花よりもあかぬいろかは桜なりけり」という四十代のころの自画自讃歌を踏まえたものらしいが、原歌には中国へのあらわな対抗意識が強い。掲出歌ではそれは消えているが、もちろん国粋主義的な作意を読む解釈もある。

これに関して橘曙覧が興味深い解釈をしめしている。「やまと心」の歌に敬服しながらも、なお「漢土」も「大倭」も大差はないのでは、などと思い惑える人を諭す、という題のもとに「山ざくらにほはぬ国のあればこそ大和心とことはりこそすれ」（『志濃夫廼舎歌集』六二七）と曙覧は歌う。山桜は山野に古来自生する日本独自の花樹、中国にはないからこそ、宣長はそう説いているだけのことだという。確かに中国の花といえば『詩経』以来、桃であろうか。

宣長はいたく桜を好み、自宅の庭に手ずから桜樹を植えもしたし、死の前年には憑かれたように三百首もの桜の歌を作りまくる。伊勢松坂（阪）、妙楽寺の墓の塚には宣長の遺言通りに山桜が植えられている。一首に浮かぶ、清楚な「朝日ににほふ山ざくら花」のイメージは観念や思想ではなく、年老いた宣長の純一な憧れだったと思いたい。

いにしへの奈良の都の八重桜けふ九重ににほひぬるかな

伊勢大輔　詞花和歌集　巻1・二九

過ぎ去った昔の都、奈良古京の八重桜が今日この新しい都の九重（宮中）に美しく咲き匂っていることよ、というのである。上句、下句にそれぞれ「いにしへ」の奈良古京と「けふ」の平安新京を配し、「八重」「九重」と機智に富んだ軽妙なことばの展開を見せつつ、八重桜の華やかなイメージで歌いむすぶ。歌と歌ことばの蓄積に習熟した者ならではの技巧をうかがわせる一首である。

一条天皇の中宮彰子《しょうし》に仕えて間もない伊勢大輔が中宮の命によって即興で詠んだ歌だが、詳しい経緯は、『詞花和歌集』題詞や『伊勢大輔集』題詩、藤原清輔『袋草紙』などによれば、こうである。奈良の扶公僧都《ふこうそうず》が中宮に八重桜を奉った。中宮の父関白藤原道長が居合わせた時、中宮はその八重桜の枝を硯と檀紙（檀《まゆみ》の樹皮から作った上質紙）とともに伊勢大輔に差しつかわして歌を所望したところ、実に美しい筆跡でこの歌を書きつけたというのである。

『袋草紙』によれば、この歌を見て道長はじめ「万人感嘆し、宮中鼓動」したという。さらに「かの人の第一の歌なり。卒爾にも寄らざる事か」と清輔の歌評も付される。伊勢大輔にもこれ以上の歌はないし、そもそもこういう当意即妙の歌はめったにできるものではないというのだ。

「朝まだき八重咲く菊の九重に見ゆるは霜のおけばなりけり」（藤原長房　後拾遺5・三五一）といっ

た類想の歌が後に現われるが、伊勢大輔の一首の前では色褪せて見える。全盛期を迎えようとする平安王朝の才媛と絢爛たる八重桜の取合わせが一首の輝きなのだと思う。

花に染《そ》むこころのいかで残りけむ捨て果ててきと思ふわが身に　西行　山家集　七六

桜の花に執着する心がどうしてこの身に残っていたのだろう、この世への存念をすべて捨て果てたと思う身であるのに、と歌う。「染む」というのは、染料などの色に染まるというのが第一義だから、薄紅色の山桜の花に染まる状態がイメージされ、なまめかしい感がただよう。「花に染むこころ」とは、そういうなまめいた感情なのだろう。

西行にはおびただしい桜の歌があり、桜への傾倒執着は半端なものではない。出家後の長い半生を通じて、春の桜を見ては、憧憬や讃美の思いだけでなく、さまざまな境涯的心境や省察を桜に触発されるようにして歌っている。出家後間もないと思われる掲出歌は「花の歌あまたよみけるに」と題された二十五首中の一首、春の歌というより、述懐歌とするのが適切だろう。現に『千載和歌集』の撰者藤原俊成は、これを雑歌の部に置いた（巻17・一〇〇六）。

掲出歌と並べて、俊成が『千載和歌集』に採っているのは「仏にはさくらの花をたてまつれわがのちの世を人とぶらはば」（同一〇〇七）という一首。晩年を思わせるような穏やかな歌なのだが、やはり桜への強い執着はまぎれもない。

俊成に判を仰いだ自歌合「御裳濯河歌合《みもすそがはうたあわせ》」にも、掲出歌を「更けにけるわが世の影を思ふまに遥かに月のかたぶきにけり」の一首と番わせる。俊成は掲出歌の勝ちとし、「こともなくて、よし」という判詞をつける。「こともなくて、よし」とは、心とことばが美しく調和して破綻がない、ということと思われる。なまめいた桜への執着が出家の身と率直に対比されることで、むしろ遥かな憧れに浄化されているかのようではないか。

またや見む交野《かたの》のみ野の桜狩り花の雪散る春のあけぼの

藤原俊成　新古今和歌集　巻2・一一四

再び見ることがあるだろうか、交野の御野（御料地）で興じた桜狩りの美しい桜花、その桜花が雪のように舞い散る、あの春のあけぼのを、というのである。「またや見む」は「再び見ることはあるまい」という強い愛惜の余情をはらむ反語とするのがいいだろう。「桜狩り」は次男定家の『僻案抄』によれば、桜を「もとめたづぬる」意となる。

交野の桜といえば、往時の貴族たちは『伊勢物語』の「渚の院」の物語（八二段）を想起したはずだ。交野の渚の院に鷹狩りに出かけた惟喬親王と従者の在原業平や紀有常らが、狩りはそっちのけで桜花を愛で、歌を詠み、酒を楽しみ、親王が酔いつぶれる夜更けまで語り合ったという物語である。乱世の始まろうとする平安末期の貴族にとって、古き良き時代の輝かしい王朝の風雅そのものであったろう。

俊成の一首は、この風雅の世界をインターテクストとして取りこんだ歌と考えるのがいい。桜花の舞い散る明け方の情景を見ているのは、そこで一夜を明かした「昔男」であり、同時に「昔男」の世界を追体験し想像する俊成でもある。八二段は夜更けで物語を終えるが、この歌は、ほのぼのと明けていく春の朝へとシーンを展開し、その移ろいやすい時の間に、雪の幻想のように清らかに散っていく桜花が配された。

題詞に「摂政太政大臣家に五首歌よみ侍りけるに」とあり、建久六（一一九五）年二月、藤原良経邸で行われた良経・慈円・寂蓮・定家らの揃う歌会での作。この時、俊成はすでに八十歳を越えていた。初句の強い愛惜の思いは老境ならではものだろうが、華やかな表現、みずみずしい抒情性、豊かな想像力、凜とした調べに老いの翳りは見えない。

うらうらに照れる春日にひばり上がり心悲しもひとりし思へば

大伴家持　万葉集　巻19・四二九二

うららかに照っている春の光のなかを雲雀は昇っていき、心悲しい、独りきりでもの思いにふけっていると、と歌う。雲雀は万葉に三首歌われ、この歌がその最初の用例。おそらく、家持は雲雀の翔ける姿を見ているのではなく、屋内でその声を聴いている、とするのが自然だろう。

天平勝宝五（七五三）年二月二三日の作「春の野に霞たなびきうら悲しこの夕影にうぐひす鳴くも」（四二九〇）、「我がやどのいささ群竹吹く風の音のかそけきこの夕かも」（四二九一）の二首と、その翌々日作の掲出歌は一連のものと見られ、「春愁三首」と呼ばれる。家持はみずからの歌日誌、巻一九の巻末を春の悲愁の気分で飾ったのである。

左注の漢文に「春日遅々にして鶬鶊《うぐひす》正に啼く。悽惆《せいちう》の意、歌に非ずして撥《はら》ひ難きのみ。よりて、この歌を作り締緒《ていしよ》を展ぶ」とある。うららかな春の光に鶯は啼くが、悲痛の思いは歌でなければ払えない、よってこの歌（春愁三首）を作り、鬱屈した心を散らす、というわけだが、春の陽光、鶯や雲雀の鳴き声はのどかな明るさとして、「悽惆」「締緒」のもつれた暗さと対照的に置かれていることがうかがえる。

一首に白秋や茂吉の青春詠などに通じる近代的な孤独や憂愁がただよう。その鍵は「ひとりし思へば」にある。対になる相手や仲間が想定しにくく、人間の本源に関わる孤独な思惟そのものを思わせるからだ。左大臣橘諸兄に、政治的なパトロンたる諸兄と一緒にいないことを嘆いてみせた挨拶とする説（中西進『万葉の秀歌』下）もある。本来はそういう実用の歌だったかも知れないが、一首の放つ孤愁の情感は世俗的な作歌事情を洗いおとしているかと思う。

雲のいろにわかれもゆくか逢坂の関路の花のあけぼのの空　兼好　兼好法師集　二

春のあけぼののころ、逢坂の関をめぐる山にたなびいていた横雲が山から空へとわかれていく鮮明な情景を歌う。山にかかる横雲は曙光の淡いくれないに染まって、山桜の咲きみちる山にまぎれていたが、やがて雲らしい白い色合いを取りもどし朝空に棚引いてゆく、というのである。

題詞に「いし山にまうづとて、あけぼのにあふさかをこえしに」とある。時は定かではないが、兼好は近江石山寺参詣のために早朝の逢坂の関を越えた。当時、すでに関そのものは廃止されていたから、兼好が越えたのは歌枕としての逢坂の関ということになる。しかし、その観察と描写の力はいかにも『徒然草』の作者らしい含蓄をはらむ。

まず、そこに流れる時間が奥行きを感じさせる。横雲と桜の山が分かちがたく紛れていた時刻から一首ははじまり、いま雲はきわやかに雲の色合いとなって桜の山の薄くれないから離れていくのである。その微妙な時間の移ろいと同時に、艶やかな色彩感あふれる桜の山と横雲の描写が様々な意味合いを帯びて一首のイメージをふくらませている。

逢坂の関や横雲は、男女の別れを暗示する歌枕、歌ことばだったが、紀貫之「かつ越えて別れもゆくか逢坂は人だのめなる名にこそありけれ」（古今　巻8・三九〇）や藤原定家「春の夜の夢の浮橋とだえして峰に別るる横雲の空」（新古今　巻1・三八）などの世界をほのかに想起させる。このあたりに藤大納言二条為世門下の四天王の一人とされた兼好の和歌作法がうかがえる。二条派の鼻祖、俊成・定家の見すえた王朝的な古典和歌への強い憧憬がある。そこに観察の力が加わると掲出歌のような一首となるわけだ。

いりあひのこゑする山のかげ暮れて花の木《こ》のまに月いでにけり

永福門院　玉葉和歌集　巻2・二一三

入相（日没）の鐘の音の聞こえる山陰はすっかり暮れて、花を咲かせる桜の木々の間から月が出てきたことだ、というのである。非常にあっさりとした、修辞的な意味では芸のない表現でまとめられている。単純といえば単純、平明といえば平明な表現ということになる。しかし、一首の味わいにはなかなか深いものがある。

中世の彫心鏤骨ともいうべき技巧の冴えわたった重たい歌を読んでいると、この永福門院をはじめとする京極派の歌のもつ単純平明な趣が爽やかに感じられる。京極派の指導的立場にあったのは京極為兼、彼に深く傾倒した伏見院とその中宮永福門院の歌は、とりわけ爽やかな印象を放つ。

「こと葉にて心をよまむとすると、心のままに詞の匂ひゆくとは、変はれる所あるにこそ」(『為兼卿和歌抄』)と為兼は記している。ことばで心を対象化して詠むことと、対象に観入した心にことばを任せることとは違う、というのだ。為兼がこだわるのは「心のままに詞の匂ひゆく」という後者の方法である。永福門院の一首はこれを意識しての作と考えると、その単純平明な表現の事情が見えてくる。

一首には、能因の「山里の春の夕暮来てみれば入相の鐘に花ぞ散りける」(新古今　巻2・一一六)という、やはり平明な叙景の歌が意識されているらしい。永福門院の一首は、ここからやや時間が推移した情景をとらえ、満開の桜花の間から月の上ってくることに感を発している。月の出という、変わらぬ自然の営みへと直截に感じ入る心を歌っているのだ。入相の鐘には一日を終えた安らぎがおのずからこもり、月明に咲きさかる夜桜の美しさが静かな余韻となる。

鳩のなく外面《そとも》の杉の夕がすみ春のさびしき色は見えけり

木下長嘯子　挙白集　一四六五

鳩の鳴いている戸外の杉には夕べの霞がかかり、春のさびしい気配が感じられることだ、と歌う。鳩は野生の山鳩（きじ鳩）であり、杉は一樹ではなく林であろう。春の夕暮れ、長嘯子は杉林にかかる霞を屋内からながめており、霞の奥からは山鳩の物憂い鳴き声が聞こえる。その両者に春の日暮れのそこはかとない寂寥を感じている。気分としては春愁ということになろうか。

題詞に「山家のうたの中に」とあり、京都東山霊山の挙白堂に隠棲中の一首と思われる。長嘯子は戦国大名木下勝俊の歌人としての雅号である。若狭小浜城主であり、長く庇護を受けた高台院（豊臣秀吉の正妻ねね）は父方の叔母であったが、関ヶ原の戦いでは徳川家康の東軍にまわった。結局、戦国大名としては大成せず出家剃髪、文雅に遊ぶ余生を過ごした。本来、文人肌の人物だったのだろう。

一首は「鳩のなく杉の木ずゑのうす霧に秋の日よわき夕暮の山」（風雅　巻7・六五三）という花園院の歌を踏まえたものだろう。本来、鳩の鳴き声は花園院の歌のように秋の到来を告げる歌ことばであった。院は鳩の鳴き声に杉林と薄霧を配し、秋の夕日に暮れてゆく山の風景を端的に描きだしている。こうした秋の歌ことばとしての鳩の声を素材としては踏まえながら、掲出歌は季節を秋から春に置き換え、秋の寂寥感あふれる描写を春愁の抒情とした。

山鳩の物憂い鳴き声や霞む杉林のイメージは花園院の秋の歌よりも、むしろ長嘯子の春の夕暮れの世界にこそふさわしい。「春のさびしき色」という感傷はどこか長嘯子の境涯をうかがわせ、冷え冷えとしたものを私は感ずる。

春日野に若菜を摘めばわれながら昔の人のここちこそすれ　香川景樹　桂園一枝　三五

「若菜」と題された三首中の一首目。三首には「としどしに若菜といひて摘みしかど積もればこれも老いの数なり」（三七）という歌もあり、老境に入っての一連だろう。春日野に若菜を摘んでいると、今を生きる私であるのに、なにやら遠い昔の人のような心地がする、と歌う。

「昔の人」とは、正月行事、初子《はつね》の日に春日野で若菜摘みをしたような平安王朝人を想起すればいい。「春日野の若菜摘みにや白妙《しろたへ》の袖ふりはへて人のゆくらむ」（古今　巻1・二二）、「春日野に若菜摘みつつ万代《よろづよ》をいはふ心は神ぞ知るらむ」（同　巻7・三五七）などに登場する「昔の人」が景樹の心をよぎった。それだけのことであり、そこに「われながら」とくだけた平語調をはさむところに掲出歌の面目があるといえそうだ。

座談風の歌論書『随所師説』で景樹は「歌は今日の事情を述ぶるもの也。今日の事情を述ぶるは、今日の言語をもてす。今日の言語は即ち俗言也。されば歌は俗言のみ」云々と述べている。「歌は理《ことは》るものにあらず調ぶるものなり」（『東塢遺言抄』）という有名な韻律論を重ねれば、掲出歌の面白さの一端がわかるような気がする。徳川時代を生きる市井の人として若菜摘みの率直な実感を歌の調べに乗せると、こういう作品になったのだろう。

この作風は当時、万葉古典主義に立つ賀茂真淵門下（江戸派）の歌人たちから批判され、近代に入っても折口信夫などは、景樹の素材・題材を軽視した調べの偏重を単なる「手品」と手きびしい(『近代短歌』)。とはいえ、やはり景樹の歌には親しみ深く清新な味わいがある。

みぞれ降る小野の荒れ田にゑぐ摘めば誰かは着せむ菅の小笠を

藤原顕仲　堀川院御時百首　七〇

「堀川院御時百首」は堀川天皇周辺のいくつかの文芸サロンで歌われた題詠によって構成されているが、最終的には源俊頼ほか十六人の歌人が、それぞれ百の歌題を詠んだ大規模な定数歌集としてまとめられた。掲出歌は春の部の二十の組題中の五番目「若菜」を歌ったもの。

霙の降る小野の荒れた田圃でえぐ(現代では黒慈姑《くろくわい》をいうが、当時は芹と同一視)を摘んでいると、はたして誰が菅の小笠をかぶせてくれるのか、というのである。誰にも顧みられず独り淋しくえぐを摘む農夫の姿を想像しての作であろう。この小野は山城国愛宕《おたぎ》郡小野郷のことで、王朝和歌では現在の京都大原の一帯を指すことが多い。『伊勢物語』八三段には雪深い小野に隠棲した惟喬親王を昔男が訪れるあわれ深い場面が描かれる。

こうした土地を舞台にしていることからして、これは正月の初子の日のような優雅な晴れの行事を歌っているわけではないようだ。おそらく顕仲は「君がため山田の沢にゑぐ摘むと雪解《ゆきげ》の水に裳の裾濡れぬ」(万葉　巻10・一八三九)や「あしひきの山沢ゑぐを摘みに行かむ日だにも逢はせ母は責むとも」(同　巻11・二七六〇)といった万葉の古歌を意識していたかと思う。王朝的みやびとは異なる朴訥な農民的生活感をにじませた万葉の抒情である。

「堀川院御時百首」や『金葉和歌集』の編纂される十二世紀前半、源俊頼らを中心に和歌改革の機運が急速に高まる。世俗、民衆的な生活感や表現、語彙の導入が著しいが、その一因として『万葉集』の再評価があった。顕仲の一首もその流れの上に置くとわかりやすい。

春さればしだり柳のとををにも妹《いも》は心に乗りにけるかも

万葉集　人麻呂歌集　巻10・一八九六

『万葉集』は二つの季節歌巻をもつが、作者名のある巻八に対して巻十は作者未詳歌の集成。掲出歌は「春相聞」の巻頭七首中の末尾にあり、「柿本朝臣人麻呂歌集」が出典である。いわゆる略体表記（詩体表記）によって「春去為垂柳十緒妹心乗在鴨」と漢文風に記されている。

春がやって来ると、萌えはじめた大量の若葉で枝がたわわにしなうように、あの娘が俺の心もしなうばかりに乗りかかってくることだ、というのである。上三句の序は、しだれ柳の密生した春の若葉の量感を描いており、しなやかでありながら、その総量はいかにも重たげだ。枝は折れんばかりにしなう。その物理的重量が恋しい娘の面影として、心にずしりと乗っていると歌うのである。

『万葉集』には序詞は異なるが、下二句「妹は心に乗りにけるかも」という相聞表現が五例ある。共同化した慣用表現だったようだ。例えば「宇治川の瀬々《ぜぜ》のしき波しくしくに～」（巻11・二四二七）は、宇治川あちこちの瀬に波がしきりに立つように、しきりに「妹は心に乗り」かかると歌う。景の嘱目で歌い起こし、共同的な心情表現で歌い結ぶという古代相聞の技法の一端がうかがえる。

「妹は心に乗りにけるかも」という表現にはダイナミックな直接性がみなぎる。生身の娘が青年にのしかかっているような野卑ともいえるイメージを喚起しないでもない。佐佐木幸綱は、東歌の表現が奈良平城京に流入したものではないかとするが（日本詩人選21『東歌』）、確かに東歌相聞の無骨な直接性と重なるところがある。相聞表現としては破格なものといえそうだ。

梅が香はまくらにみちて鶯のこゑより明くる窓のしののめ

京極為兼　風雅和歌集　巻1・八四

「題しらず」の一首。後に京極派の両雄、為兼と伏見院との歌を歌合形式で編集した「金玉歌合」では伏見院御製「うき世にはよしなき梅の匂ひかな色にこころをとめじとおもふに」（同歌合三番左）と番いにされているが、梅一題にとどまらぬ広がりを持つ歌である。

梅の香が床の枕辺にあふれるように匂い、鶯の声によって明けてゆく窓外の東の朝空よ、というのだ。非常に簡潔に身辺と戸外を歌っているが、早春の明け方の雰囲気が無理なく伝わる。まだうす暗い室内にあふれる梅の香は窓から漂って来るのだろう。その窓のかなたから鶯の声が聞こえ、窓に目をやると東の空が明けそめている、という自然な動作や反応が歌われている。

「梅が香」「まくら」「鶯のこゑ」「窓」「しののめ」と体言が間断なく並ぶが、ひしめき合う感はない。むしろ嗅覚、聴覚、視覚におよぶ言葉の相互的な働きが一首に感覚的なふくらみを与えている。

「花にても、月にても、夜の明け、日の暮るるけしきにても、その事に向きてはその事になりかへり、そのまことを表し、そのありさまを思ひとめ、それに向きてわが心のはたらくやうをも、心に深くあづけて、心に詞をまかする」(『為兼卿和歌抄』)という彼の歌論の一節を思わせる歌だろう。

『風雅和歌集』は、南北朝抗争の不穏な世相を背景に京極為兼の歌風を深く慕う花園院の下命、院の甥の光厳院の撰による十七番目の勅撰和歌集である。古典和歌史的には最後の光芒を放った勅撰集と考えられるが、その巻頭にも為兼の歌が据えられている。

梅が香も天霧《あまぎ》る月にまがへつつそれとも見えず霞むころかな

藤原道家　新勅撰和歌集　巻1・四六

題詞に「家百首歌に、夜梅といふこころをよみ侍ける」とある。これは建保三(一二一五)年に成った「光明峯寺摂政家百首」という百首歌で、当時、内大臣だった道家邸において披講された百題百首歌のこと。藤原定家、家隆なども参加している。道家は祖父九条兼実、父藤原良経の跡を継いで九条家歌壇を主催した歌人である。

この一首、「それとも見えず」は、一体何がはっきりと見えないのかわかりにくい。口語訳すると、梅の香も空に霧のように立ちこめる月光と見まがえられ、はっきりそれとも見えぬまま霞むこのごろである、という。構文的には、それと見えぬのは「梅が香」とするのが穏当だが、イメージとしてはいまひとつ鮮明なものを結ばない。

本歌とされるのは、「梅の花それとも見えずひさかたの天霧る雪のなべて降れれば」（古今　巻6・三三四）という作者未詳歌。さらに、九条家歌壇の常連、この百首歌にも参加していた藤原定家の歌「大空は梅のにほひに霞みつつ曇りもはてぬ春の夜の月」（新古今　巻1・四〇）の凄みのある感覚的跳躍の世界も意識されていたはずである。

とすれば、構文通り、梅の香を月光と見まがう、という意表をつく作意があったのではないか。梅の香が月光をおぼろにするとしたのが定家の歌だとすれば、道家は、その両者が渾然一体となったイメージを一首に出現させようと試みたとも考えられる。「新儀非拠達磨歌」の伝説的歌人を向こうにまわし、若い九条家の当主は大胆な感覚の冒険を試みた。結果としては冴えを欠く歌となったが、こういう競り合いのあった歌壇を想像するとおもしろい。

春霞流るるなへに青柳《あをやぎ》の枝くひ持ちてうぐひす鳴くも

作者未詳　万葉集　巻10・一八二一

春霞が流れるのと同時に、青いしだれ柳の枝をくわえて鶯が鳴いているよ、というのである。春霞は風に流されているのではなく、棚引いているのだろう。棚引く霞の中を鶯が柳枝をくわえて鳴きながら飛ぶわけだが、むろん現実にはありえない情景である。『イソップ物語』の欲張りの犬ではないが、鶯が鳴けば枝は落ちてしまう。

絵柄としては、大陸渡来の図案「花喰鳥模様」の意匠を模したものだといわれている（小学館古典全集『万葉集』頭注など）。小枝をくわえた鳥の飛ぶ姿をデザイン化したもので、正倉院御物の刺繡や撥鏤綦子《ばちるきし》（色染めした象牙に毛彫りを施した碁石）をはじめとして当時の多くの工芸品に見られる図である。ササン朝ペルシアを起源とする吉祥文様らしいが、後に日本風にデザインされた「松喰鶴」などの図も登場することになった。

おそらく掲出歌は、こうした最新の大陸のデザインを目にしていた奈良天平期の皇族か貴族が詠んだ作であろう。もちろん歌の場は、新意匠がすぐにそれと理解されるメンバーの揃った座である。春たけなわのころの宴席で披露された作品と考えるのがいい。宴席のメンバーとともに春をことほぐ意味合いを帯びていたかと思う。

巻十の春雑歌には、掲出歌のほかに「うちなびく春立ちぬらしわが門《かど》の柳の末《うれ》に鶯鳴くも」（同一八一九）といった歌もある。柳の枝末に鶯が止まれるわけがなく、これも意匠的な趣がある。大陸渡来の新しいデザインからも現実とは別次元の歌の発想や表現が生まれてきたわけである。和歌の世界に新しい美意識が誕生したのだ。

桜ゆゑ片岡山に臥《ふ》せる身も思ひし解けばあはれ親なし

鴨長明　夫木和歌抄　巻4・一一四六

片岡山には、昔、ひどい飢えに堪えかねて身を横たえた旅人がいたというけれど、私は桜のあまりの美しさに惹かれてここに身を横たえている、とはいえ、よくよく考え明かせば、ああ、私もみなし子、飢えた旅人と同じようなものではないか、というのである。

　隠れた文脈を補いながら口語訳をほどこしてみたが、古典和歌では、まず片岡山といえば、『日本書紀』の伝える聖徳太子の行路死者挽歌が連想される（「挽歌・哀傷歌」の部参照）。片岡山は奈良北葛城にあるが、「しなてる　片岡山に　飯《いひ》に飢《ゑ》て　臥《こや》せる　その旅人《たひと》あはれ……」（紀一〇四）と歌われた行路死者が掲出歌の文脈には隠れている。

　この伝説は万葉の「家ならば妹が手まかむ草枕旅に臥《こや》せるこの旅人《たびと》あはれ」（巻3・四一五）を経て、王朝時代にも「しなてるや片岡山に飯《いひ》に飢ゑて臥《ふ》せる旅人あはれ親なし」（拾遺　巻20・一三五〇）といった異伝を生む。長明の一首は直接には『拾遺和歌集』の歌を踏まえたものであろう。桜の美しさに誘われて深山や野に一夜を臥すという王朝和歌の風雅数奇から歌い起こし、行路死者の伝説を文脈に見え隠れさせるという趣向である。

「そこなどは重代の家に生まれて、はやくみなし子になれり」（『無明抄』）とみずから記すように、長明は下鴨神社の正禰宜の家柄に生まれながら少年時代に親を失い、神官としては生涯不遇であった。歌人としても実力と精進のわりには、さほど報われなかった感がある。掲出歌には、そうしたリアルな境涯と歌の風雅とがせめぎ合うような味わいがにじみ、長明という人物を語っている。

うち寄する五百重《いほへ》の波の白木綿《しらゆふ》は花散る里の遠目なりけり

藤原隆季　重家朝臣家歌合　二番左

「重家朝臣家歌合」は永万二（一一六六）年成立、時の中宮亮職にあった藤原家重が自家で主催した歌合である。祖父顕季は六条藤家の始祖、父顕輔は『詞花和歌集』撰者を単独で務め、王朝末期における六条家歌学を隆盛に導いた歌人であった。

掲出歌は「花」の題によるもの。打ち寄せて幾重にも重なる波の、その白木綿のような純白の波は、あたかも桜花の散る里を遠目でながめるような景色ではないか、というほどの意。白い波頭が打ち寄せては重なり合い、白い波しぶきを立てるイメージを桜花の散りやまぬ里の遠景に見立てた趣向ということになる。

こうした趣向や表現は目新しいものではないが、この歌の語彙は当時としてはクラシックなものだった。「五百重の波」さらに波の「白木綿」といった語は、「み崎《さきみ》回の荒磯《ありそ》に寄する五百重波……」（巻4・五六八）、「山高み白木綿花に落ちたぎつ夏実《なつみ》の川門《かはと》……」（巻9・一七三六）といった万葉歌の表現に近い位相で用いられている。意識的に古代の語彙と表現を取りこんだ意図がうかがえる。

この歌合の判者は、当時、六条家に拮抗する華々しい勢いで台頭して来た御子左家の俊成である。俊成は「風体は幽玄、詞義（＝言葉と内容）凡俗に非ず」「なほ、なみのしらゆふは歌のさまたけまさりてや」云々と掲出歌を称賛、二条院内侍三河の右歌に対して勝ちと判じた。古代の言葉が湛える意味的な深みは「幽玄」のようでもあり、硬質な古格の調べは「たけまさる＝格調が優れている」といえるのかも知れない。ライバル、六条家の歌合に縦横自在な批評を見せる壮年期の俊成であった。

梅柳過ぐらく惜しみ佐保の内に遊びしことを宮もとどろに

作者未詳　万葉集　巻6・九四九

題詞に「四年丁卯《ていばう》春正月、諸王諸臣子《おほきみたちもろもろのおみのこたち》等に詔して、授刀寮《じゆたうれう》に散禁《さんきん》せしむる時に作る歌一首併せて短歌」とある。「四年丁卯」は聖武天皇の神亀四（七二七）年。要するに、皇族、大臣クラスの御曹司たちが、何らかの咎により授刀寮（後述）という宮廷部局の建物の中に「散禁（外出禁止の刑罰）」されたわけである。

題詞に続く長歌では、春日山や高円山、佐保川など平城京周辺の野外も春たけなわ、本来なら春を満喫しているはずなのに、今は天皇から散禁の刑を賜って蟄居の身、実に情けない、というぼやきが歌われる。掲出歌は、その反歌。宮廷人たちは梅や柳が過ぎることを惜しみ、佐保の内（皇室領か）で遊んだことを宮廷が鳴り響くほど楽しげに語り合っている、羨ましいことよ、と歌う。

掲出歌の左注によると、この御曹司たちは侍従（中務省所属の天皇近侍官）・侍衛（授刀寮舎人）の職にあったが、春日野で打毬《まりうち》（ポロの前身の騎馬競技か。仔細不詳）に興じていた時に宮廷に雷雨が降った、侍従・侍衛不在が勅勘に触れ、授刀寮に散禁されたという経緯のようだ。

授刀寮は天皇の私兵組織として発足、最終的には公的な近衛府に位置づけられた天皇親衛の宮廷部局。凶兆として恐れられた雷雨に際して、側近の侍従も親衛隊の侍衛も宮廷に不在、聖武天皇はさぞかし立腹したろう。しかも、揃って春日野で優雅な打毬遊びをしていたわけなのだ。にもかかわらず、掲出歌は郊外の佐保に遊び、春の風物を楽しんだらしい宮廷人への羨望をあらわに歌う。どこで披露された歌かわからないが、聖武朝にはこういう浮世離れした風流官人がしばしば登場する。

あたら夜の月と花とを同じくはあはれ知れらむ人に見せばや

源信明　後撰和歌集　巻3・一〇三

題詞に「月のおもしろかりける夜、花を見て」とあるから題詠ではなく、満開の夜桜の上空に満月が煌々と照る実景を題材としているわけだ。ひとり見るのも惜しい今夜の月と花を、同じ見るならば「あはれ」を知る人に見せて、ともにその趣を味わいたいものだ、と歌う。

天禄元（九七〇）年に没した源信明の時代より、やや後に成立した藤原公任撰『和漢朗詠集』の「交友」の部に、白楽天の詩の「琴詩酒の友みな我を抛《す》つ、雪月花の時に最も君を憶ふ」（「殷協律に寄す」）という一節（『和漢朗詠集』下七三三）がある。琴や詩や酒の友はみな私を離れてしまった、雪や月や花の美しい折には君をしきりに思い出す、というのである。

これは平安朝貴族に広く読まれた『白氏文集』にも見られ、掲出歌はその影響を受けているだろう。『枕草子』一七五段にも、前帝村上天皇が、月の明るい夜に食器に雪を盛って梅の花を挿し、側近の兵衛蔵人に歌を求める逸話が紹介されるが、ここでも蔵人は「雪月花のとき」とだけ応じ天皇を感じ入らせた。このすばやい機智も白楽天の「殷協律に寄す」の一節を踏まえたものである。

家集『信明集』では「行きたるに逢はねば」という題詞が付され、恋の贈答歌とされる。しかし、逢えなかった女の返歌に「たれにか見せむ梅の花」などとあって、贈答そのものが疑わしい。満開の桜花と隈なき月夜の取合わせは春夜爛漫の駘蕩たる情感を誘うから、後に贈答風に潤色されたのだろう。雪と月と梅に代えて、月と桜を配し、白楽天の詩の一節を匂わせながら風雅を解する朋友を憶った一首とするのがいいように思う。

おもへ世になべての花のたぐひかは桜のみこそ人に待たれめ

霊元院　宝永仙洞着到百首　待春

宝永二（一七〇五）年に成った百首歌「宝永仙洞着到百首」中の一首。当時、霊元天皇は東山天皇に皇位を譲り、上皇だった（「仙洞」は上皇御所）。その勅命により、上皇みずからと中院通茂ら十五名が、同年九月九日から十二月十九日の百日間にわたって百題を一首ずつ詠み継いだ。この詠歌形式を「着到」という。掲出歌は、類題歌集『新後明題和歌集』にも再録されている。

思ってもみよ、桜よ、おまえは世の花々とは別格の存在なのだ、おまえだけが人に開花を待ち望まれている、だからこそ早く咲けよ、というのである。桜の開花を待ちこがれる歌はある。「たれこめて春のゆくへも知らぬまに待ちし桜も移ろひにけり」（古今　巻2・八〇）、「待ちわぶる外山《とやま》の花は咲きやらで心づくしにかかる白雲」（続古今　巻1・八六）などが典型的な例だ。

しかし、人々が開花を待ち望んでいるから、早く咲け、などと桜に命じている歌は珍しいだろう。こういう歌いぶりは先蹤として中世の後鳥羽院にある。帝王ならではの流儀なのだが、後鳥羽院の歌と同様、霊元院の歌も傲岸不遜というわけでもない。まず「世になべての花のたぐひかは」と絶賛しつつ悠揚として桜に歌いかけているわけである。

霊元天皇（院）は、幕藩体制下にあって天皇家の権威による親政を理想とした帝王であったが、「うつつとも思はぬ袖に残りてぞさらに身にしむけさの移り香」（霊元法皇御集　一七六）、「朝まだきこころの松に移りきてまづ春告ぐるうぐひすのこゑ」（同　四〇三）といった繊細優美な歌を詠んでいる。能筆家としても知られる。

庵《いほ》むすぶ山の裾野の夕ひばり上がるも落つる声かとぞ聞く

慶雲　新後拾遺和歌集　巻7・六四一

雲雀は『万葉集』では三首ほど詠まれているが、その後の平安王朝ではほとんど顧みられなかった題材。九千四百首余の勅撰八代集に一首しか見えない。先に触れた「うらうらに照れる春日にひばり上がり心悲しもひとりし思へば」（万葉　巻19・四二九二）といった大伴家持の抒情は王朝的嗜好にかなうように思うが、この少なさは不思議なことである。

掲出歌は中世、十四世紀の作。題は「雲雀」。そのものずばりである。草庵を結ぶ山の裾野の夕べ、地上から上がってくる雲雀の声も、あたかも降っていく声かと訝しい思いで聞く、というのである。おそらく慶雲法師の草庵のあった京都東山での実体験に基づいているのであろう。

山頂か、中腹の高所にいると、雲雀が地上からピークまで翔け上がっても位置的には下になる。当然、その鳴き声は下のほうに聞こえる。それを「落つる声か」としたのだ。もちろん、背反する「上がる」と「落つる」を同時性として並べる表現には修辞的な面白さはあるが、ここは修辞よりもリアルな実感だったのではないか。実感の存外なおもしろさをそのまま一首にした趣がうかがえる。

雲雀は中世初期、藤原良経主催の「六百番歌合」に歌題として復活する。中世的な嗜好にはかなったのだ。掲出歌は、当該歌合の「野辺見れば上がるひばりも今はとて浅茅に落つる夕暮の空」（藤原家隆　十六番右）から修辞上の影響は受けているだろうが、作意としては「住み馴れし床をひばりのあくがれてゆくへも知らぬ雲に入りぬる」（藤原有家　十五番左）などに見える、過剰な美的趣向をしのぐ、意外なうつつの不思議を歌おうとしたようだ。

爛漫と咲きぬる見てぞ霜にまたしぼめる老も春を知りぬれ

小沢蘆庵　六帖詠草　一八四

題詞に「きのふのかしこまりにたへではつざくらをいただき、かはづぶしにふし、みみずがきにかきて、けふことあげし奉る」とある。昨日のかたじけなさに耐えず、その賜った初桜を高く掲げ、蛙のように低く臥し、蚯蚓の這ったような文字で、本日、お礼の歌を奉る、というのだ。

これは掲出歌の五首前、一七九番歌の題詞に「あるとしの二月十日ばかり宮より初花たまへるに」とあるのに呼応している。初桜の礼に蘆庵が歌を奉った相手は、妙法院宮真仁法親王、桃園天皇の猶子で天代座主となった人物である。晩年の蘆庵を敬愛し庇護した。確かな生業を持たぬ老歌人を経済的に支えた一人だったかも知れない。

掲出歌は、宮に贈った五首一連の末尾にある。爛漫と桜の花が咲いたのを見て、霜のような白髪でしぼんでしまった老いの身にも再び春を感じたことです、と歌う。貴人の心やりに触れた歓びを、平明な用語と順直な構文で歌にしている。気になるのは「爛漫と」である。近代以降の歌を読み馴れた者には抵抗はないが、王朝・中世といった正統的な和歌の時代にはこの種の漢語は見えない。

和文脈で成立する和歌表現に漢語はタブーだった。みずからの歌論「ただいま思へる事を、わがいはるる詞をもて、ことわりの聞ゆるやうにいひいづる、これを歌とはいふなり」(『布留の中道』)を実践すれば禁忌を侵すこともある。日常の生活意識を第一義に歌えば、おのずから伝統和歌の規範も逸脱する。これが蘆庵の理想とした「ただごと歌」であった。とはいえ、二句から三句にかけての微妙な起伏をもつ韻律には技巧の冴えを感じさせる。

雨まじり風うちふきてふるさとに散る花寒し春の夕ぐれ

契沖　漫吟集　巻第3・六四一

雨まじりの風が吹いて、古びた里に散る桜の花が寒々しい春の夕暮れよ、というのである。題詞に「雨中落花二首」とある一首目だが、二首目の「雨ふれば花散り浮きて庭たづみ吉野の川を木陰にぞ見る」の楽しげな見立てと較べてると、非常に地味な歌。風雨の夕べ、寒々しく散ってゆく桜花をじっと凝視しているような趣がある。

地味ではあるが、「雨まじり」と歌い起こし、「散る花寒し」と運ぶ表現は契沖ならではのものだろう。契沖といえば、近世万葉研究の第一人者、大著『万葉代匠記』の著者ということになる。ここには、山上憶良「貧窮問答歌」の「風交じり　雨降る夜の　雨交じり　雪降る夜は　すべもなく　寒くしあれば……」（万葉　巻5・八九二）という冒頭部分の呼吸が明らかに感じられる。

めったに見ない「花寒し」という表現も「貧窮問答歌」の冒頭部分「雨交じり」を意識した時に、おのずから浮かんできたものだったと思う。まさに掲出歌は、憶良歌の呼吸で詠まれたものといえよう。契沖は『万葉集』は尊重したが、実はこういう歌は彼の本来ではない。

「ほととぎす心にむせぶ忍びねの花橘にあまるひところゐ」（同4・七八九）、「よもすがら月見る空にかささぎの渡しかへたる夢の浮橋」（同7・一三七四）などの余情を湛えた、中世和歌風の歌が多い。家集『漫吟集』の部立も、春・夏・秋・冬・釈教歌・哀傷歌・羇旅歌・恋・雑・雑体（物名・俳諧・長歌）というように『古今和歌集』を思わせる。同じ近世万葉学者、賀茂真淵は万葉復古を強硬に唱えたが、伝統和歌の見幅は契沖のほうが広く柔らかい。

花は根に鳥は古巣に帰るなり春の泊りを知る人ぞなき

崇徳院　千載和歌集　巻3・一二二

題詞に「百首歌召しける時、暮《くれ》の春の心を詠ませたまひける」とある。この「百首歌」とは、久安六（一一五〇）年に成った、いわゆる「久安百首」。崇徳院主催の二度目の百首歌だった。詠進メンバーの交代などもあり、崇徳院も首謀者の一人となった保元の乱前夜の内紛によって、院による決定版奏覧はかなわなかった。

春が暮れたので、花は散って木の根に帰り、鳥は山の古巣に帰っていくのであるが、春そのものが帰り着く先を知る者は誰一人いない、というほどの意。春を巨大な人格または神格と見なし、その行方や所在に思いをはせるという発想は季節歌には早くからあった。「年ごとにもみぢ葉ながす龍田川水門や秋の泊りなるらむ」（古今　巻5・三一一）などが類例として挙げられる。

掲出歌は、和歌的発想のみにとどまらず、漢籍からの影響も濃厚といえる。『和漢朗詠集』「閏三月」の題に「花は根に帰らむことを悔ゆれども悔ゆるに益なし。鳥は谷に入らむことを期《ご》すれども定めて期を延ぶらむ」（巻上　春六二）という藤滋藤の漢詩の一節がある。暦の上ではまだ春が一日だけ残っている閏三月尽を背景にして、花は落花を悔やみ、鳥は古巣の谷への帰還を延期したろうと機智的な想像力を働かせた詩である。

掲出歌の上句は、藤滋藤詩の機智を濾過して、その対句的な表現のみを和歌的に応用したものであろう。同時に下句は和歌史の伝統が培った共同的な発想を踏まえている。まさに和漢の融合した一首といえる。では、そうした意匠だけの歌かといえば、そうではない。一首に漂う、暮春の茫漠たる寂寥感には忘れがたい味わいがある。

夏

春過ぎて夏来《きた》るらし白たへの衣干したり天《あめ》の香具山《かぐやま》　持統天皇　万葉集　巻1・二八

天の香具山の景観に、春から夏への季節の鮮やかな推移をとらえた御製である。先帝天武天皇の飛鳥浄御原宮から眺望すると、香具山はまっすぐ北に見える。遷都後の藤原宮からは、東南東の方角、背後に多武峰や音羽山を望める。いずれにしても、この両宮からせいぜい一キロから一・五キロほどの近距離、天皇には慣れ親しんだ山だったろう。

その慣れ親しんだ香具山に今日は白い衣が干してある。春が過ぎて、いよいよ夏が来たのだ、と天皇は歌う。「白たへ」は楮《こうぞ》の樹皮から作る布。香具山を祀る神官の白い斎衣が干してあったのだろう。夏の初めに斎衣を洗って干すという習慣があったのか、それとも、濃くなってきた香具山の緑と衣の白の鮮明な対照が初夏の到来を強く印象づけたのか。どちらともとれるが、その両方と考えてもいいだろう。

持統は唐伝来の暦（当初は元嘉暦、続いて儀宝暦）を国家行政レベルで導入した最初の天皇である。夫、天武天皇から継承した律令化路線の拡充に、正確な暦法は不可欠だったからである。天皇自身が身近に暦を置き、暦に照らした時の推移には敏感であったことが想像される。ここで歌う「春」と「夏」は暦がしめす季節であったろう。季節は暦にしたがって、春三月を終え夏四月へとめぐってきたのである。

一首は典型的な五七万葉調を繰りかえし、大和三山（香具山・耳成山・畝傍山）中、別格の山の名をどっしりと歌いすえる。古来の土地褒めの風をとどめる歌いぶりだが、清浄な「白たへの衣」によって香具山の草木の緑が際立ち、初夏の清新な季節感をとらえている。新時代の到来をも思わせるが、そういう編纂意図があったかも知れない。

うちしめりあやめぞかをるほととぎす鳴くや五月の雨の夕暮

藤原良経　新古今和歌集　巻3・二二〇

夏の訪れを告げるほととぎすは、王朝和歌から中世和歌にかけて夥しい和歌の題材となってきた。季節意識が一気に広まる『万葉集』において、すでに百五十首を超える歌にほととぎすが詠みこまれており、その後も長い詠作による習熟と洗練の歳月を積みかさねた歌ことばであった。

藤原良経の一首は、そうしたほととぎす詠歌史の伝統と蓄積の上に立つ秀歌のひとつであろう。題詞に「五首歌人々によませ侍りける時、夏歌とてよみ侍りける」とあり、建久六（一一九五）年二月、良経の自邸における俊成、慈円、寂蓮、定家らとの歌会での作である。折からの雨に空気はしめり、あたりには菖蒲の香りが漂う、ほととぎすの鳴く五月雨の夕暮れであることよ、と歌う。

直接的な心情表現はないが、ほの暗い屋内の湿気にこもる菖蒲の香、ほととぎすのせわしく甲高い鳴き声、五月雨の降りしきる音を通して物憂い気分と研ぎすまされた感覚が妙になまなましく伝わる。とりわけ、ほととぎすの鳴き声は或る種の情感を喚起してやまない。そこに本歌とされる「ほととぎす鳴くや五月のあやめ草あやめも知らぬ恋もするかな」（古今　巻11・四六九）という恋歌の世界を重ねると、恋に狂おしく溺れる者の心が余情として漂い始める。

しかし、本歌を待つまでもなく、遠く「ほととぎすいたくな鳴きそひとり居て眠《い》も寝《ぬ》らえぬに聞けば苦しも」（巻8・一四八四）といった歌が天平万葉に登場していた。和歌史におけるほととぎすは、初夏の自然風物の域を超え、相聞的心情を喚起する歌ことばとしても早くに意識されていたようだ。和歌が育てた含蓄あふれる夏鳥だったのである。

聞きつるや初音《はつね》なるらむほととぎす老いは寝覚めぞうれしかりける

法橋忠命　後拾遺集　巻3・一九六

ほととぎすが和歌に歌われる時間帯は、おおよそ夕暮れから深夜にかけてということになる。悶々として眠られぬ夏の夜、あるいはふと目覚めた深夜に独りほととぎすの声を聞くというパターンは繰りかえし歌われた。そこにはおのずから恋のモチーフがひそんでいることになる。

「五月雨のみじかき夜に寝覚をして、いかで人よりさきに聞かんと待たれて、夜ふかくうちいでたるこゑの、らうらうじう愛敬づきたる、いみじう心あくがれ、せんかたなし」（『枕草子』三八段）と清少納言が手放しで称賛するのは、夜のほととぎすの鳴き声である。子供の夜泣きを除くと、総じて夜鳴くものは彼女にとって「めでたし」ということになるが、なかんずく、ほととぎすは和歌的に演出された恋のイメージと相まって格別に風情あるものだったようだ。

「時鳥を聞きてよめる」と題詞のいう掲出歌も、夏の夜、ふと目覚めた折に聞きとめたほととぎすの鳴き声を歌ったものではある。それが今年聞く「初音」だったのであろうか、老いて眠りが浅く寝覚めがちになった自分だが、それもかえって嬉しいものだ、というのである。

法橋忠命は天台宗寺門派の僧侶、藤原道長・頼道時代の宮中や後宮での仏事には欠かさず名を連ねる人であった。老境に至っての作なのだが、ほととぎすの初音と老いの寝覚めの取合わせが新鮮。恋の焦燥や苦悩をかきたてる声ではなく、夏を告げる第一声を聞き得た心躍りがけれんのない表現で伝わってくるのである。その後、「ほととぎす変わらぬこゑぞあはれなる昔をおもふ老の寝覚めに」(万代集　巻3・五八七)といった歌が詠まれるようになる。

蟬の羽《は》のうすらころもになりしより妹《いも》と寝《ぬ》る夜の間遠《まどほ》なるかな

曾禰好忠　好忠集　一四一

薄い夏衣になってから、妻と共寝をすることも間遠になってしまったことだ、というのである。「蟬の羽の」は『古今和歌集』以降に用いられた枕詞、蟬の羽の連想から「一重」「薄し」にかかる。この枕詞をも含めて実に平明な表現だから、軽く読み流すこともできる。しかし、よく読んでみると、なぜ夏になって妻との同衾の機会が減ったのか、ただちに合点の行きかねるところがある。

題詞に「五月中」とあり、夏五月中旬を題材とした歌十首中の一首が掲出歌である。「六月中」に「わが背子が夏の夕暮見えたらば涼しきほどに一寝《ひとゐ》ねなまし」(一六五)、「吾妹子《わぎもこ》がひまなく思ふ寝屋なれど夏の昼間はなほぞ臥し憂き」(一六八)、また「六月をはり」に「吾妹子が汗にそほつる寝より髪夏の昼間はうとしとや思ふ」(一七五)とあるように、夫婦それぞれの立場から夏の夫婦生活をあからさまに歌う。

これらを併せ読むと、「妹と寝る夜の間遠なる」理由に合点が行く。要するに、共寝をするには暑すぎるのだ。妻のほうは夕暮れの涼しい時に、などと気合が入っているのだが、夫は連合いの汗まみれの肉体そのものが鬱陶しい。なにやら江戸川柳のバレ句めいた趣もある。

例えば、万葉東歌などにも直裁な性愛讃歌が頻出するが、基本的におおらかである。しかし、好忠の歌には庶民に近い下級貴族の涙ぐましい生活の陰影がこもる。「わが背子」「吾妹子」という万葉風の男女に仕立ててあるのも好忠和歌の志向をうかがわせてくれる。王朝和歌の「みやび」の全盛期を生きた歌人であるが、こういう歌に、好忠という風変わりな歌人の激しい志がまぎれもない。

咲く花の下に隠るる人を多みありにしまさる藤のかげかも　在原業平　業平集　三二

咲く花房のもとに隠れる人が多いので、以前にまして、いよいよ巨大になる藤の花陰であることよ、というのである。題詞には「ともだちあまたして、酒たうべけるに、かめに花さしたるを人人よみける」とあるが、この程度のコンテクストでは、いまひとつ歌の正体が判然としない。実は、これは『伊勢物語』に登場する一首なのである。

『伊勢物語』一〇一段によれば、在原行平が上司の藤原良近《まさちか》を主賓にして酒宴を設けた。瓶にさした花の中に三尺六寸という異様に巨大な藤の花があり、それを題にして一同は歌を詠み合う。行平の弟業平に強いて詠ませたのが掲出歌であった。この含むところのある歌に一座が説明を求めると、太政大臣藤原良房が栄華の絶頂にいるおかげで、藤原氏がひときわ栄えることを意味している、と答えたので誰も歌を誇らなくなった、とある。

「隠るる」を庇護されると取れば、藤原一族への皮肉や揶揄の意図を含むし、その勢力下に他の氏族が押さえ込まれ没すると取れば、反藤原・非藤原サイドからの一族批判となるかと思う。いずれにしても、初夏を彩る伝統的な自然風物を詠んだ歌としてはふさわしからぬ、「みやび」とはほど遠い危険な諷喩歌なのであった。宴の一座は誹謗をやめたというより、歌そのものを憚ったのだろう。

古代歌謡には童謡《わざうた》・時人歌《ときのひとのうた》という権力批判を含んだ諷喩の歌があった。業平の一首には、その伝統が王朝和歌に唐突に復活した趣がある。少なくとも、季節風物や業平伝説に託しながら、こういうスリリングな風刺を楽しむ動きが王朝の内外に潜んでいた。実におもしろいと思う。

つつめども隠れぬものは夏虫の身よりあまれる思ひなりけり

読人しらず　後撰和歌集　巻4・二〇九

王朝和歌史には、貴族的な趣味や嗜好により自然風物を歌ことばとして選別、その風物本来の性質や情趣を一首の詩情に織りこんで共有していく過程がある。この一首の歌う自然風物は「夏虫」だが、夏虫といえば螢、螢といえば闇のなかに燃える情念の火というイメージが共有された。

いくらつつみ隠しても隠れぬものは、螢の身からあふれて燃える火のような、私の熱い「思ひ」である、と歌う。むろん「思ひ」の「ひ」が「火」に掛かるわけだ。この発想は「夏虫の身をいたづらになすこともひとつ思ひによりてなりけり」（巻11・五四四）のように、『古今和歌集』からすでに始まっており、中世和歌にも継承されていく。

その流れにある掲出歌、題詞には「桂皇女、ほたるをとらへて、と言ひ侍りければ、わらはのかざみの袖につつみて」とある。桂皇女に伺候する少女が自分の「かざみ」（貴族の少女が着る汗取りの単衣の上着）の袖に捕らえた螢を包んで奉った時に詠んだというが、この文脈では少女の「思ひ」の相手は皇女ということになる。「思ひ」の主語となる男の叙述が省略されたのだろう。『大和物語』四〇段は、少女が螢を奉った相手は敦慶親王、そこで掲出歌が詠まれたとする。少女は桂皇女の恋人をひそかに恋していたわけだ。

桂皇女は宇多天皇の第四皇女孚子《ふし》、『大和物語』では異母兄敦慶《あつよし》親王らと浮名を流す恋多き人物として描かれる。この皇女に仕える少女が女主人の恋人に横恋慕するという同物語の演出のほうが『後撰和歌集』題詞よりも遥かに読者の想像力を刺激する。さて、その後の三人の関係はいかになりゆくや——王朝歌物語の巧みな演出である。

色見えぬ風の心も燃えわたる思ひをつけてゆく螢かな

正徹　詠草断簡

こういう手のこんだ螢の歌が中世末期に出現する。色の見えない風、その風の心の色をまさに現して、燃えつづける思いの火の色をつけてゆく螢であることよ、というのである。夏の夜風に吹かれて、螢の群れが光の尾をひいて流れてゆく情景ということになろうか。

詠草断簡（梅沢記念館所蔵『古筆手鑑』）に記された自筆の歌である。「螢風ニ随ヒテ過グ」と題詞にある。正轍の残した歌はおびただしい。私家集『草根集』には軽く一万首を超える歌が収録されているが、それ以前の二十歳から三十年以上をかけて詠み溜めてきた詠草二万数千首を草庵の火災で失ったという。残存する歌にも百首以上の螢の歌があり、なかでも掲出歌は妙に心ひかれるものがある。

初句「色見えぬ」は、単に風に色彩がないということだけではなく、内に秘しながら外には現さぬ何かがある、という含みをもつ。「風の心」としたのは、その含みといえよう。三句、四句で、それは「燃えわたる思ひ」、即ち止むことなく燃え続ける恋の炎なのだと明かされる。さらに四句から結句で風に流れる螢の群れが描かれ、観念的な想像ではなく、うつつの情景なのだと畳みかける構成である。

和泉式部の「ものおもへば沢の螢もわが身よりあくがれ出づるたまかとぞ見る」（後拾遺　巻20・一一六二）を待つまでもなく、螢はうつし身を離れた人の魂魄と見なされることがあった。ただし、掲出歌の歌う螢の群れは複数の恋人たちの魂魄ではなく、風が内に秘める激しい恋の情炎と解すほうがいい。幻想的な情景でありながら、無心の風に生々しい心が点滅するかのような一首。中世和歌伝統の有心体の歌である。

鵜飼舟あはれとぞ見るもののふの八十宇治川の夕闇の空

慈円　新古今和歌集　巻3・二五一

鵜飼舟を心にしみるような感慨をこめて私は見る、この宇治川の夏の夕闇の空のもとで、というのである。現在までつづく京都宇治川の鵜飼いも、頻繁に古典和歌に詠まれた夏の歌題であり、歌ことばであった。これは題詠ではあるが、平等院、西山善峰寺などの住職を歴任、天台座主まで務めた慈円は宇治川の鵜飼い漁を幾度となく見たであろう。

題詞に「摂政太政大臣家百首歌合に、鵜川を詠み侍りける」とある。この歌合がいわゆる「六百番歌合」である。企画・出題・主催は当時左大将の藤原良経。顕昭・藤原季経ら旧派六条家と寂蓮・藤原定家ら新派御子左家、さらにその緩衝的な役割で慈円、良経らの権門歌人計十二名が各百首ずつを出詠している。判者は藤原俊成。建久三（一一九二）年から二年がかりで完成した大規模な歌合だった。

題は「鵜川」、番いの歌は藤原定家の「をちこちにながめやかはす鵜飼舟闇を光の篝火の影」だが、俊成は掲出歌を勝ちとしている。俊成は、定家の「闇を光の篝火の影」には説得力に欠けるところがあるが、「八十宇治川の夕闇の空」は「殊に宜しく見え侍り」と判詞に記す。後の慈円の自歌合「慈鎮和尚自歌合」の判詞にも俊成はこの句を挙げ、「歌のたけすがたことに見え侍り」と称賛している。

本歌とされる柿本人麻呂「もののふの八十宇治川の網代木にいさよふ波の行方知らずも」（万葉巻3・二六四）は古代壬申の乱の舞台ともなった宇治川の波を詠むが、この川には木曾義仲と源義経の血戦の記憶もなお生々しく残っていただろう。「もののふの八十宇治川の夕闇の空」には、そうした人の世の騒擾を鎮めるかのような格調と深みがある。

ゆきなやむ牛の歩みに立つちりの風さへ暑き夏の小車《をぐるま》

藤原定家　玉葉和歌集　巻3・四〇七

古典和歌の夏に歌われる風物はおおよそ決まっていた。勅撰和歌集はその典型である。例えば『千載集』の夏の部で見ると、夏衣、卯の花、ほととぎす、あやめ草、花たちばな、五月雨、螢、なでしこ、氷室、岩清水、夏の夜の月、夕立、六月晦日の祓などが登場する。これに藤や早苗田、鵜飼、蟬といった風物が出入りして、いかにも夏の歌となる。

その意味で、掲出歌は異彩を放つ。『玉葉和歌集』ならではの撰歌であり、「心のままに詞の匂ひゆく」実感尊重的な歌に重きをおいた編者、京極為兼独特の見識がうかがわれる。酷暑のなかを牛が車を曳きながらのろのろと泥みつつ歩み、そこから立つわずかな風と土ぼこりさえ暑い、その牛のひく小車よ、と歌う。猛烈な炎天下の洛中の情景であろう。

題詞には「夏歌の中に」とだけある。原歌は建久七（一一九六）年九月、当時三十四歳の定家がまとめた「韻歌百二十八首和歌」中の一首。一連は穏やかな歌が多いが、この歌はやはり従来の勅撰和歌集的な基準からみると、異色である。「韻歌百二十八首和歌」ではこの歌の直後に「たちのぼり南のはてに雲はあれど照る日くまなきころの虚《おほぞら》」という一首が置かれ、両歌で京の地と天の真夏を歌ったものと思われる。

即物的な題材がさほどの縛りなく歌われる『万葉集』でも、炎天や酷暑に触れた歌は「六月《みなづき》の地《つち》さへ裂けて照る日にもわが袖乾《ひ》めや君に逢はずして」（巻10・一九九五）という一首があるだけだ。この時期には、例の「新儀非拠達磨歌」の風から抜けつつあったらしいが、現実を歌という虚構で超えようとする覇気は衰えていない。一首に立ちあがる酷暑のイメージは現実そのもののように思える。

風そよぐならの小川の夕暮はみそぎぞ夏のしるしなりける

藤原家隆　新勅撰和歌集　巻3・一九二

六月晦日の夏越《なごし》の祓が終わると、暦の上では秋が訪れることになる。夏越の祓は宮中行事の六月《みなづきの》晦《つごもりの》大祓《おおはらえ》に端を発している。『延喜式』によれば、六月晦大祓は六月と十二月のそれぞれ晦日に、親王・諸王・諸臣が朱雀門に参集し、中臣氏の神官が祝詞を奏上、半年間の天《あま》つ罪・国《くに》つ罪の穢れを根の国（黄泉）へと祓い流す行事。平安時代には、これが官民を問わず、多くの神社で行われるようになった。

掲出歌が題材とするのは上賀茂神社の祓である。「ならの小川」は御手洗川《みたらしがわ》のこと。上賀茂本殿東に奈良社という神社があるので「ならの小川」というらしいが（伴信友『瀬見小川』四）、楢の木が岸辺に繁る小川と解するほうが歌のイメージにふさわしい。参詣する者はこの川で禊ぎをした。

爽やかな風が楢の葉をそよがせて吹く御手洗川の夕暮れは、すっかり秋めいてはいるが、川辺で人々がしきりに身を浄めており、その禊ぎの情景がまだ夏だと感じさせるしるしであるよ、というのである。風にそよぐ楢の葉の緑、夕暮れの小川にきらめく禊ぎの水しぶきが清涼感をかもし、夏から秋へと移ろう時の間を鮮やかにとらえている。

題詞に「寛喜元年女御御入内屏風《にょうごおんじゅだい》」とある。藤原道家の娘竴子《そんし》が後堀川天皇の女御から中宮として入内することになり、賀宴に際して屏風が新調された。その一枚が上賀茂神社の夏越の祓を題材としていたようだ。三十六首を詠進した家隆が事前に定家に見せると、「今度宜しき歌はただ六月祓ばかり尋常なり」(『明月記』寛喜元年11月14日)と評された。定家はこの歌を大いに気に入り、『小倉百人一首』のみならず『新勅撰和歌集』夏の部の巻末にも配したのだった。

夜半を分け春暮れ夏は来にけらしと思ふ間《ま》なく更《か》はる衣手《ころもで》

源順　曾禰好忠集　四九五

宮中にはさまざまな年中行事がある。掲出歌は、四月一日の更衣を題材とした一首。暦の上で春から夏に変わる四月一日に、冬の装束を夏のものにあらためる行事だが、装束だけではなく、室内を仕切る壁代や几帳といった調度まで夏用に替える。壁代や几帳は絹などの織物だから、薄く涼しげな布地に張り替えるのであろう。

掲出歌は、夜を境界として、春は暮れ果て夏がやって来たらしい、としみじみ思う間もなく、夏物に替わる衣の袖であることよ、と歌う。歌いぶりからすると、実際の更衣の式次第に従っているようだ。暦が三月晦日から四月一日に移る寅の刻の始まり、午前三時頃ではないかといわれる（筑紫文学会『順百首全釈』他）。暦に忠実に従い、夜中に行われる儀式だったと考えられる。

いくぶん一首の調べに違和感があるのは、「来にけらしと」から「思ふ間なく」への展開であろう。「と」が目立ち、一首の情調を殺ぐような説明感をあらわにしてしまっている。あわただしい春から夏への儀式の雰囲気をリアルに歌おうという作意が、こういう措辞となったのかも知れない。暦上には、否応もなく夏が来るのだという知的な感興が和歌的情緒をしのいだ歌なのである。

これは曾禰好忠の百首歌への返し百首中の一首で、「夏十」の最初に置かれる。持統天皇御製「春過ぎて夏来《きた》るらし白たへの衣干したり天《あめ》の香具山《かぐやま》」（万葉　巻1・二八）の影響が見てとれる。万葉訓点作業の中心人物だった順ならではの歌である。当時、御製二句目が「夏来にけらし」に変わって伝誦されていたこともうかがえる。

春は惜しほととぎすはた聞かまほし思ひわびぬるしづ心かな

清原元輔　拾遺和歌集　巻16・一〇六六

『拾遺和歌集』の題詞には「四月朔日よみ侍りける」とだけしかないが、初出の『元輔集』には「四月にとも時が有馬よりまうできて、道に郭公《ほととぎす》の鳴きしといひ侍りしついでに」と、いくぶん詳しい作歌事情が題詞に記される。元輔と親しい藤原共時が、有馬から京への道中に聴いたほととぎすの話題を詠作動機にした歌なのであった。

春の過ぎ去るのは惜しい、とはいえ、夏を告げるほととぎすの声も久しぶりに聴いてみたい、その二つの思いの間でかき乱される平常心であることよ、と歌う。おそらく共時が聴いたほととぎすは、彼には当年の初鳴きの声だったのだろう。元輔はまだ聴いていない。暦の上では夏が来たわけだから、季節の風雅をたしなむ王朝人としては万花の季節たる春を愛惜しつつも、「夏告げ鳥」の声を早く聴いてみたい、というところなのだろう。

「しづ心」といえば、紀友則の「ひさかたの光のどけき春の日にしづ心なく花の散るらむ」(古今巻2・八四)が思い浮かぶ。紀貫之にも「ことならば咲かずやはあらぬ桜花見るわれさへにしづ心なし」(同八二)、凡河内躬恒にも「もみぢ葉の風のまにまに散るときは見る人さへぞしづ心なき」(『躬恒集』三三八)という用例がある。『古今和歌集』の撰者たちが最初に用いた歌ことばだったようだ。

季節風物を歌う王朝人の心性の起源には、おそらく季節の神を迎える祝意があったはずだから、その表現は手放しの讃美になる場合が多い。季節のあわれ深い推移に甲乙つけがたく揺れ動き、人間としての「しづ心」を失うという発想にも、それがまぎれもない。

いにしへに恋ふらむ鳥はほととぎすけだしや鳴きし我《あ》が念《も》へるごと

額田王　万葉集　巻2・一一二

額田王は律令国家草創期を生きた人だが、この浮き沈みの激しい時代に、天智・天武両帝の母、皇極天皇の時代から歌を残し、天武時代には影をひそめたものの、その妻持統天皇の時代に再び登場する。人麻呂以前の宮廷歌人としては異例の長いキャリアである。掲出歌は、『万葉集』では長い沈黙を経た王が、持統天皇の時代に弓削皇子への返歌として詠んだものである。

天皇の吉野行幸に従駕した弓削皇子が在京（飛鳥浄御原宮《あすかきよみがはら》か藤原宮）の額田王に「いにしへに恋ふる鳥かも弓絃葉の御井《みゐ》の上より鳴きわたりゆく」（同一一一）という一首を贈った。昔を恋う鳥だろうか、弓絃葉《ゆづるは》（常緑高木のユズリハ）の傍らの離宮の井戸の上を鳴きわたって行くのは、というのである。弓削皇子は天武の第六皇子。この吉野行幸の正確な年次はわからぬが、皇子は若かったと考えられる。

これに対して王の返歌は、昔を恋うて鳴く鳥はほととぎすでしょう、きっとそれは私が昔を思うように鳴いたことでしょう、と歌う。皇子の「いにしへ」には客観的には含むところが多い。王が最も華やかに活躍したのは天智近江朝だが、近江朝と争い、これを滅ぼした天武・持統両朝では彼女の過去はむしろ災いしただろう。額田王は「いにしへ」をいつとは限定せずに、華麗な過去をもつ年配の者としての感慨をあたりさわりなく歌ったようだ。

これに続いて、皇子に吉野から贈られた松の枝への賞讃の一首を歌い、額田王は『万葉集』から姿を消す。この「ほととぎす」には中国の蜀魂伝説の影響が指摘されるが、王の素養には渡来文化の匂いがする。

有明のつれなく見えし月は出でぬ山ほととぎす待つ夜《よ》ながらに

藤原良経　新古今和歌集　巻3・二〇九

後鳥羽院主催「千五百番歌合」の「夏一」の部を初出とする一首。季節歌として詠まれた歌ではあるが、陰影に富んだ恋の情趣が濃厚にまつわる。俊成、定家ら御子左家を巻きこんだ藤原良経家歌壇の最も得意とした詠風が、ここにも鮮やかに躍動している。

薄情にもなかなか出て来なかった有明の月はようやく出た、とはいえ、山ほととぎすを待つ夜は刻々と更けていき、肝心のほととぎすはいっこうに来ない、と歌う。有明の月よりも山ほととぎすの訪れを待ちわびており、夜明けまで待ったわけである。つまり、つれないのは有明の月よりも、むしろほととぎすなのである。

本歌は「有明のつれなく見えし別れより暁ばかり憂きものはなし」(古今　巻13・六二五)という壬生忠岑の恋歌だが、これは恋する女からつれなく拒絶された男の一首。いくらかき口説いても受け入れられず、有明の月をみじめな思いで仰ぎながら帰ったわけだ。「いま来むといひしばかりに長月の有明の月を待ち出でつるかな」(同　巻・14・六九一)という素性法師の恋歌も意識されているだろう。こちらでは恋人は来ず、有明の月が出てしまった。

この二首の心境をさらに微妙に屈折させながら、掲出歌は成立しているように思う。季節歌の体裁をとるが、待つのはほととぎすに擬された恋人である。つれなく見える有明の月さえ容易に出ず、ようやく出たところで、待ち焦がれる人は来ない。忠岑歌や素性法師歌が喚起する有明の月の酷薄な情感を背景にして、さらにむごい恋の憂悶をほととぎすを待つ心境に託した。手のこんだ歌である。

夕だちの雲ものこらず空晴れてすだれをのぼる宵の月かげ

永福門院　永福門院百番自歌合　五一

永福門院は『玉葉和歌集』に四九首、『風雅和歌集』に六九首（入集最多）といった京極派を代表する歌人にふさわしい評価をされているが、家集がない。この「百番自歌合」も自撰か他撰かについての定説はない。

掲出歌は「夏二十六番」の左歌である。夕立が過ぎ去り、雲ひとつ残らず夏空は晴れわたって、簾越しに次第に昇っていく宵の月よ、というほどの意。実にわかりやすい平明な表現は夫伏見院の歌をはじめ京極派の歌人たちと通じ合うものがあるが、永福門院の歌にはそこに清涼な空気感の添う場合が多い。この歌もそうだろう。

上三句で、雨上がりの爽やかな透明感を帯びた夏の夜空を描き、独特の下二句を据える。岩佐美代子は「細い横の線で区切られた簾を通して見るので、月の刻々に昇っていくさまがはっきりとわかり、しかも夕方に洗われたさわやかな夜気の中に月光と簾の影が交錯して、直接に月を見る以上の涼しさを感じさせる」と鑑賞するが（『永福門院百番自歌合全釈』）、確かに作者の感ずる涼しさを光と影のきわやかなイメージが端的に伝えている。

もうひとつ見落とせないのは、一首に流れる静かな時間であろう。簾越しに昇っていく月は静止したイメージではない。悠長な動きをともない、そこにゆったりとした時間が刻まれる。これと番いの右歌は「風の音もすずしくそよぐくれ竹のふしうき夜半の月のかげかな」。風の音とそよぐくれ竹の姿を見ていると、眠るのも惜しい月影の夜だ、と歌う。月が昇りきった後の時間を描いた歌のようにも見える。夏の夜の景物のもたらす豊かな情感が読者をも伸びやかにさせてくれる二首である。

夏かげのつま屋の下に衣裁《きぬた》つ我妹《わぎも》　裏設《うらま》けて我がために裁たばやや大《おほ》に裁て

柿本人麻呂歌集　万葉集　巻7・一二七八

人麻呂歌集の旋頭歌である。旋頭歌は片歌（五七七）を二度繰り返すリズミカルな形式。万葉に六二首が収録されているが、その三五首までが人麻呂歌集の歌である。問いと答えの片歌を並べた形式、三句と六句をリフレインにした歌謡風の形式が早く記紀歌謡に見られる。『万葉集』をピークとして、以後は短歌形式に淘汰された。

掲出歌は裁縫をする妻に親しく歌いかけた一首。こういう他者への歌いかけも旋頭歌の本来の姿だったようだ。夏の日蔭の妻屋《つまや》（母屋の傍らに建てた夫婦用の別棟）の蔭で着物を縫うおまえ、裏地を設けて俺のために裁つのなら、少し大きめに裁ってくれ、と歌う。妻が布地を刃物で裁断しようとしている場面なのである。

『続日本紀』和銅元（七〇八）年八月七日の条に、袖口の広さを八寸以上一尺以下とし、これを体格の大小に従って作ること、また袖や衿は小さく狭くしてはならない、という制の発令が記されている。要するに、たっぷりとした衣服を用いよということなのだが、理由はわからない。掲出歌は後に出るこの制を早々と実行したわけだ。

六首前に同じく人麻呂歌集の「太刀の後《しり》鞘に入野《いりの》に葛引く我妹　ま袖もち着せてむとかも夏草刈るも」（一二七二）という旋頭歌がある。古代の女たちは衣類を原料からみずからの手で調達したのだった。この歌と同一の作中主体だとしたら、掲出歌の「衣」は葛の繊維で織った布。この二首の旋頭歌には古代民衆の生活が生き生きとしたディテールとともに楽しげに歌われている。旋頭歌形式の出自を考える豊かな示唆が含まれているようだ。

うなゐ子がすさみに鳴らす麦笛の声におどろく夏のひるぶし　西行　聞書集　一六五

現在の『聞書集』の底本となった天理図書館蔵『藤原定家手沢本』原表紙には、「き丶つけむにしたかひてかくへし」とある。西行周辺の人物が、彼の歌を耳に聞いては書きとめた歌集ということになる。『山家集』とは一首も重複せず、「法華経二十八品」や掲出歌を含む「たはぶれ歌」などのユニークな連作が光る歌集である。

掲出歌は十三首一連の冒頭に置かれた一首。「嵯峨に棲みけるに、たはぶれ歌とて人々よみけるを」という題詞が記されている。「たはぶれ歌」を詠んだのは西行一人ではなかったのだ。嵯峨野の僧堂の仲間も詠んだのだろう。その中で「西行たはぶれ歌」のテーマは子ども、または子ども時分の思い出というあたりだろうか。

「うなゐ子」（幼子。髪をうなじに束ねたり、切り揃えたりする子どもの髪型からいう）が遊びで鳴らす麦笛に目覚めさせられた夏の昼寝であることよ、という。麦の茎をリードにして吹き鳴らす笛は甲高く、夏のもの憂い昼下がりの静寂をつんざくような音色だったろう。一連を時系列に従った連作だとすれば、この「麦笛」の音から西行の連想は子ども時分に巻きもどされていく。

「昔せし隠れ遊びになりなばやかたすみもとに寄り臥せりつつ」（一六八）、「恋ひしきをたはぶれれしそのかみのいわけなかりし折りの心は」（一七四）などの順直な味わいの歌が登場する。「竹馬《たけむま》を杖にも今日はたのむかなわらは遊びを思ひ出でつつ」（一六七）などを読むと、西行にとって老境は幼年少年時代の心に通じるものだったようだ。この無碍自在な境地がいかにも西行であろう。


かはほりの飛びかふ軒は暮れそめてなほ暮れやらぬ夕顔の花

加藤千蔭　うけらが花　巻2・四三〇

夏の日暮れの一景を描いた一首。蝙蝠の飛びかう軒は暮れそめているが、軒の下に咲く夕顔の花は白く明るみ、そのあたりはまだ暮れようともしない、というのだ。背景にほの暗い日暮れの薄墨と蝙蝠の黒を置き、この時間帯から咲きはじめる夕顔の花の鮮やかな白に焦点を当てる構成。なかなか華やいだ歌いぶりである。

題詞には「賤《しづ》がやに夕顔咲けり」とだけあって、単に嘱目のスケッチのようにも思える。しかし、この情景から『源氏物語』四帖「夕顔」の冒頭がおのずから想起されよう。光源氏は乳母だった女の見舞いに、むさくるしい庶民の家の建ちならぶ五条を訪ねる。彼女は源氏の従者惟光の母親でもある大弐乳母《だいにのめのと》。牛車に待機していた源氏は民家風の造りの隣家に関心を抱き（むろん、美しげな女たちの影が檜垣の上の簾から源氏を覗いたからだが）、家の女主人から軒端に咲く夕顔の花を扇とともに贈られる。この女主人が四帖のヒロイン、夕顔である。

「夕顔」冒頭に蝙蝠は描かれないが、扇が蝙蝠を連想させる。この扇は儀式などに使う檜扇ではなく、実用の扇子、蝙蝠扇《かわほりおうぎ》である。開いた形状が蝙蝠に似ているので、そう称された。おそらく千蔭はこの「夕顔」冒頭場面をインターテクストとして意識していたと思う。

千蔭は万葉学の泰斗、賀茂真淵の高弟であり、晩年には『万葉集略解』を完成させたが、その歌は万葉調とは遠い。むしろ繊細で瀟洒、知的センスの表立つ王朝から中世和歌風の歌を多く残している。掲出歌などは、『新古今和歌集』の方法や詠風を感じさせる一首。

庭のままゆるゆる生ふる夏草を分けてばかりに来む人もがな

和泉式部　和泉式部集　二三

初出の「和泉式部百首」は『和泉式部集』冒頭部の九七首の歌群を指す。掲出歌は「夏」の部に置かれた一首だが、四句「分けてばかりに」の「ば」を濁音とするか、清音とするかで一首の意味が異なる。『新編国歌大観』では濁音を採用し、比較的新しい歌合・定数歌全釈叢書『和泉式部百首全釈』でも濁音としている。

濁音説では、庭一面に「ゆるゆる」（伸び放題に）生い茂る夏草をかき分けるほどの激しい情熱をもって来てくれる人がいたらどんなにいいか、という意となる。四句の「ばかり」は程度を表す副詞となるわけだが、「分けてばかりに」という語続きに私は不自然なものを感ずる。

清音とすれば、夏草をかき分けて刈りに来てくれる人がいたらどんなにいいか、という意になる。「刈りに」は「仮に」の掛詞である。かりそめでもいいから来てくれる人、というのが真意だろう。「好忠百首」は和泉式部が意識した先行定数歌だが、その曾禰好忠に「見るままに庭の草ばはしげれどもいまはかりにも背なは来まさず」（好忠集九六）という歌がある。夫は庭の夏草を刈りにさえ（仮そめにさえ）来てくれない、と嘆く歌である。

式部には「庭のまま生ふる草をば分けきたる人も見えぬに跡こそありけれ」（正集八一一）という歌がある。題詞によれば、草をかき分けて式部のもとに文を付けに来た男がいたようだ。こういう歌を踏まえると、仮そめの気持ちでもいいから、とにかく私のもとに通ってくれる人がいてほしい、と解することができる。歌意としては濁音、清音ともに和泉式部の世界ではあるのだが。

庭のうへのまさごにみちて照れる日のかげ見るなへに暑さまされる

光厳院　光厳院御集　一七

題詞に素っ気なく「夏昼」とだけある。炎天下の洛中、その宮廷内のむせるような暑気に包まれた昼の情景を描いた一首。いうまでもなく、主として初夏の爽やかな季節風物を愛でる王朝的風雅とはほど遠い。炎天の真昼などをまともな題材にした和歌はきわめて少ない。『枕草子』冒頭を引くまでもなく、王朝貴族にとって「夏は夜」なのである。

宮廷の庭に敷いた「まさご（白砂）」にみなぎるように照りつける陽光をしばらく見ていると、見ているだけで次第にわが身の暑さが増してくる、というのである。宮廷の壺庭は白洲のままにしてある場合が多かった。季節の変化に応じて時分の植物を前栽として植えるが、炎天猛暑の続く真夏は白洲のままにされていたようだ。

上三句の描写は、この白洲に夏の陽光が隈なく注がれている情景。目のくらむばかりに白熱している情景が自然にイメージされる。定家に「ゆきなやむ牛の歩みに立つちりの風さへ暑き夏の小車《をぐるま》」（玉葉　巻3・四〇七）、「たちのぼり南のはてに雲はあれど照る日くまなきころの虚《おほぞら》」（同四〇八）という京の炎暑をとらえた異色作があることはすでに触れた。この二首を評価したのは、叔父花園院を通して光厳院が師と仰いだ京極為兼だった。

掲出歌には定家の歌のようなダイナミックな躍動感はないが、静寂の炎暑とでもいうべき臨場感がじわじわと迫って来るような表現であろう。院が暑さを題材としたのは定家の先蹤に倣う意図もあったろうが、なによりも夏の陽に灼かれる白洲が院の心を動かしたからと考えるのがいい。実感を第一とする京極派の発想法である。

秋

秋風の吹きにし日よりいつしかと我《あ》が待ち恋ひし君そ来ませる

山上憶良　万葉集　巻8・一五二三

秋になれば、おのずから秋風が吹く。夏の名残をとどめた涼しからぬ風であっても、暦の上に秋が来ていればそれは秋風である。こういう明確な季節意識が確立するのは、大陸伝来の暦が国家レベルで採用された持統朝以降のことになる。理屈をいえば、「秋風の吹きにし日」とは立秋であろう。

掲出歌は憶良の七夕詠十二首中の一首。左注によれば、この歌を含む四首は天平二（七三〇）年七月八日の夜、大宰府帥《そち》大伴旅人邸の集会での詠とある。何かの都合で七日に集まれなかったのだろう。秋風の吹きはじめた日から、いつかいつかと待ち焦がれていたあなたが、いよいよいらっしゃる、と歌う。むろん牽牛の訪れを一年間待った織女の立場での題詠である。立秋から七夕まではわずか数日のことを踏まえ、浮き立つような織女の心躍りを歌ってみせたのだ。

七夕も大陸の暦とともに伝来した節日。気候の変わり目に設けた祝日のことだが、七夕の節会は、すでに持統五（六九一）年にそれらしき宮中の宴が記録されており、聖武天皇以降は、諸国の力自慢たちの相撲を天皇に奏覧、諸王官僚が詩宴を行う相撲節会《すまいのせちえ》として年中行事化する。本来は裁縫技術の向上を願う民間習俗、乞巧奠《きこうでん》に端を発したもので、年に一夜だけの逢会を宿命とされた男女の悲恋を背景に形成された。早くから宮中を出て、貴族社会の宴の日にもなったようだ。

宮中の七夕節会に披露された詩では、織女は天の川にかかるカササギの橋を神聖な車に乗り絢爛と牽牛のもとを訪れるが（『懐風藻』七夕詩）、歌になると、人目を忍ぶ、ひそやかな妻問い婚のイメージに変わる。掲出歌のように、織女も恋人を待つ女として人間くさい趣をおびるのである。

萩の花暮々までもありつるが月出でて見るになきがはかなき

源実朝　金槐和歌集　二一〇

萩は秋をいろどる典型的な自然風物のひとつ。万葉の時代から和歌に詠まれつづけた。「秋」に草冠が載っているから、なるほど秋の七草にも数えられるべき植物かと納得する。しかし、本家の中国では萩と書けば、かわらよもぎやひさかきの謂で、われわれ日本人の思い浮かべる萩とは違う。萩とは、秋を代表する草をしめす国字なのであった。

『金槐和歌集』にも九首ほどの萩の歌があるが、中でも掲出歌は格別な味わいをもった一首である。題詞に「庭の萩わづかにのこれるを、月さしいでて後見るに、散りわたるにや花の見えざりしかばよめる」とある。公務を終えた夕べ、実朝は庭に向かって独り歌を詠んでいた、と『吾妻鑑』には記される。掲出歌もそうした折の一首であろう。暮れ果てるまでは確かにあった萩の花が、月の昇った今、再び庭に出て見るとはかなく消えていた、というのである。

情景風物をあるがままに見つめ、規範的に学んだ『万葉集』から勅撰八代集までの和歌の流儀にそれを律儀に落としこむのが実朝の作歌作法だったと思うが、こういう妙に心ひかれる不思議な嘱目を投げ出すように歌うことがある。事実としては、わずかに残った白い萩の花が暗い木陰に散ってしまったか、明るい月光にまぎれたかのいずれかだろう。しかし、確かに実朝の視界からは消えていたのである。

修辞的には「うつくしと思ふ吾妹《わぎも》を夢に見て起きて探るになきが寂《さぶ》しさ」（巻12・二九一四）といった万葉歌の影響があるかと思うが、軽い虚脱感や喪失感を繊細にとらえた感覚はまったく新しい。やがて「貴種」ゆえの悲劇的な生涯を終える実朝像を背景におきながら、私は一首を味わう。

里のあまの焚く藻の煙こころせよ月の出しほの空晴れにけり

後鳥羽院　続古今和歌集　巻4・三八一

月は四季に関わりなく現れる風物なのだが、月だけが詠まれる場合、和歌の題材的には季節はおのずから秋ということになっていく。その光のもっとも清らかに冴えわたる季節感を取りこもうとしたのであろう。

掲出歌の背景にも、やはり清らかに冴えわたる秋の月という和歌的な美意識がある。里の漁夫の焚いている藻から立つ煙よ、配慮をせよ、満潮とともに月の現われる秋の夕空はかくも晴れているぞ、というのである。塩をとるための藻塩草から煙が無遠慮に立ちのぼり、清らかな名月鑑賞の邪魔になるというわけだが、漁夫ではなく煙に向かって「こころせよ」と歌いかける趣向がとんでもなくおおらかで、そこはかとなくおかしい。誰でもが歌える歌ではないだろう。

いうまでもなく、これは承久の乱に敗れ、隠岐に流された後の院の歌である。承久三（一二二一）年七月の配流から延応元（一二三九）年二月に崩御するまでの十八年間、院は隠岐を出ることはなかった。『増鏡』の引く「我こそは新島もりよ沖の海の荒き浪かぜこころしてふけ」も隠岐の海をのぞむわびしい庵で院の詠んだ歌であるが、これも味わいとしては掲出歌に近いものがあるかと思う。流竄の身を恨みかこつようなものではなく、むしろみずからの境遇をユーモラスに相対化するような泰然たる余裕を私は感ずる。

名月という和歌的な美意識を損なう藻塩草の煙に「こころせよ」と歌う姿勢にも同じものがある。ここでは院の執着した和歌もまた相対化されているかのようだ。それは漁夫の営々たる生活への温かい気づかいでもあろう。われわれが一首に見るのは王者の風格ではなかろうか。

ひととせに光をわけば夜な夜なもこよひの月の影かとぞ見る

木瀬三之　倭謌五十人一首追加　三四六

『倭謌五十人一首』は松永貞徳門下の宮川松堅という歌人が貞徳・松堅とそのエコールの歌人たち五十名から一首ずつを撰んだ歌集である。松堅自身の書いた序文には享保七（一七二二）年九月二十二日という日付がある。『追加』とは、松堅の門人内海頸紀が師のアンソロジーに追補として百四十首をくわえたもの。刊本奥付の日付は翌年の夏である。

松堅の師、貞徳は貞門俳諧の始祖としての名が高いが、近世初期に中世和歌の伝統を町民・武士といった地下《じげ》層に伝えた和歌の啓蒙家でもあった。先の序文には、貞徳が細川幽斎から受けた古今伝授やら批点やらを、貞徳からさらに松堅が伝授されたという自慢話もあるが、松堅作も含めて、アンソロジーに採られた歌に感心するような佳作は少ない。

「八月十五夜」と題された掲出歌、仮に十五夜の月のひかりを一年間の各夜ごとに分けたならば、連夜、今宵の十五夜かと思って見るだろう、というほどの内容である。他愛ないといえば他愛ない。しかし、中世末期から衰退の一途をたどった和歌的伝統を近世初期の地下層が、どのように継承しようとしたか、という点では興味の引かれるものがある。

掲出歌は「あさぢはら葉ずゑに結ぶ露ごとにひかりをわけて宿る月かげ」（千載　巻4・二九六）、「あさぢはら葉ずゑの露の玉ごとにひかり貫く秋の夜の月」（山家集　三一六）などの中古・中世和歌に着想を得ているかと思われる。二首が歌うのは空間的に配分された月だが、掲出歌はこれを時間に配分するという発想で再構成している。結果は他愛ない歌になったが、遠い和歌的伝統に向かう姿勢にはどこかひたむきなものが感じられないか。

心あてに折らばや折らむ初霜の置きまどはせる白菊の花

凡河内躬恒　古今和歌集　巻5・二七七

菊は日本の国花ではあるが、本来は中国大陸からの渡来植物である。梅もそうだが、短期間に日本の季節文化の中に根を下ろしてしまった。そこには『古今和歌集』の果たした役割が大きい。菊花に関する深い観察や思惟が、この花をめぐる共有の美意識や嗜好を深くはぐくんでいった。

掲出歌もそうした和歌の代表的な一首といえる。折るとするなら、当て推量で折ることになろう、今年の初霜が置いてどれが花だか、どれが霜だか迷ってしまう白菊の花よ、というほどの意だが、これも菊花に対する深い観察から生まれた美意識のひとつである。ここには白菊のもつ冷え冷えとするような清浄の美が知的に言語化されているはずだ。

現実ではめったに見まがうこともないはずの白菊と霜が、こう歌われることによって観念としては確かに融合する。霜とも重なり合う白菊の特質があざやかにイメージされることになる。躬恒が試みたのは言語による美意識の具現だったと考えるのがいい。「心あてに折らばや折らむ」という、とぼけたようなユーモアが、観念の密室に閉じそうな一首に開放的な生動感を与えているだろう。

正岡子規が「今朝は霜がふつて白菊が見えんなどと真面目らしく人を欺く仰山的の嘘は極めて殺風景に御座候」と「つまらぬ嘘」歌の頭目のように掲出歌を攻撃したが(「五たび歌よみに与ふる書」『日本』明31・2・23)、あくまでもリアルな写生を標榜する近代新派和歌サイドから見れば、当然そういう批評が出てくることになる。古典歌壇では高い評価が持続した歌だから、その強い呪縛力から解放されるには子規くらいのテンションは必要だったのである。

頼め来し君はつれなし秋風は今日より吹きぬわが身かなしも

読人しらず　後撰和歌集　巻5・二一九

風は四季の移ろいに関わりなく吹くが、濃やかな季節感をともない、そこからさまざまな人事的感慨を導きだす典型的な和歌の風といえば秋風ということになる。佐藤春男「秋刀魚の歌」の「あはれ

秋風よ　情《こころ》あらば伝へてよ」という冒頭を吹く近代の秋風も、おのずから豊かな和歌的な含蓄をはらんでいたはずである。

掲出歌は題詞に「物思《ものおもひ》侍りけるころ、秋立日《あきたつ》、人につかはしける」とある。秋風が恋の物思いと融合した一首。これは季節歌であると同時に恋歌でもある。ずっと期待を抱いていたあなたはつれない仕打ちばかり、秋風ならぬ飽き風が立秋の今日から私に吹いた、飽きられた身はかなしい、というのである。「秋」に「飽き」を掛ける発想は『古今和歌集』からすでに始まっており、「秋風に山の木の葉の移ろへば人の心もいかがとぞ思ふ」（巻14・七一四）などの先蹤がある。

『後撰和歌集』は掲出歌を含め六首にわたって、秋風と男の心変わりをなじる読人しらずの歌、それを否定する大江千里と在原業平の歌を並べ、男女の一連の秋風贈答歌群のように仕立ててある。「露わけし袂干す間もなきものをなど秋風のまだき吹くらむ」（千里　二二二）、「秋萩を色どる風は吹きぬとも心はかれじ草葉ならねば」（業平　二二四）が男の答歌だが、機智的なレトリックが冴える。

掲出歌は、消息として女から男に送った歌だから、男の来訪を反語的にうながす流儀通りの女歌と見るほうが実際に即している。ともあれ、自然の生命活動が凋落に向かう季節の風に人の心変わりを重ねる当時の発想には、軽妙にして躍動感にみちた歌ことばの呼吸が感じられる。

夕されば門田《かどた》の稲葉おとづれて葦のまろ屋に秋風ぞ吹く

源経信　金葉和歌集　巻3・一七三

夕べがやってくると、門前に広がる田の稲葉をそよがせて、葦葺きの小屋に秋風が吹く、と歌う。題詞に「師賢朝臣の梅津に人々まかりて、田家ノ秋風といへることをよめる」とある。現在の京都府右京区梅津にあった友人源師賢《もろかた》の山荘で歌会が開かれ、漢詩風の題が出されたのだ。

とりたてて修辞に凝ることもなく、秋の夕べの情景の簡素な清涼感を豊かな感覚でとらえている。風に波うつ稲田の情景、高まる葉ずれの音、秋風の涼やかな感触、さらに、実りに向かう稲の匂いまで感ずることができそうである。経信は詩・歌・管弦の「三舟の才」を謳われた才人だったから（『十訓抄』下）、掲出歌にも中国詩からの影響があるかと思うが、ここで目立つのはむしろ万葉風の表現であろう。

「妹が家の門田を見むとうち出来《でこ》し心もしるく照る月夜かも」（巻8・一五九六）、「秋田刈る仮廬《かりほ》の宿りにほふまで咲ける秋萩見れど飽かぬかも」（巻10・二一〇〇）、「恋ひつつも稲葉かきわけ家居ればともしくもあらず秋の夕風」（巻10・二二三〇）といった万葉歌の表現と風情を、主観を抑えた端正な叙景表現に取り込んでいることがよくわかる。十一世紀以降の王朝貴族に流行った田園趣味が万葉の古格を帯びたことばとともに嫌みなく歌われており、俊成・定家にいたる以後の和歌史に強い影響を与えた経信の力量を思わせる。

経信について俊成は「歌の風躰は、またことに歌のたけを好み、古き姿をのみ好める人」（『古来風躰抄』）と評し、定家も『八代集秀逸』、『百人秀歌』、『小倉百人一首』に採り、その歌論『詠歌大概』、『近代秀歌』にも秀歌の範として掲げている。折り紙つきの名歌だったのである。

秋風にうき雲たかく空すみて夕日になびく岸の青柳《あをやぎ》

京極為兼　風雅和歌集　巻5・五〇九

俊成の歌論『古来風躰抄』の序に「春の花をたづね、秋の紅葉を見ても、歌といふものなからましかば、色をも香をも知る人もなく、なにをかは本《もと》の心ともすべき」という一節がある。「本の心」とは歌学でいう本意《ほい》、自然風物をはじめ物象事物がもつ本来の特質や美をさす。

掲出歌、秋風の吹くなか、高々と雲の浮かぶ空は澄みわたり、夕日に照らされてそよぐ川岸の青柳よ、というのである。本意の観点からいえば、この歌は秋風と青柳の取合わせが、それぞれの季節に根ざした固有の美を打ち消しあう感がないでもない。青柳は春の題材である。歌合などでは「本意なし」と評されれば決定的な負けになる。とはいえ、本意はあくまでも和歌史的蓄積が形成してきた歌学上の共同的規範である。

このあたりのとらわれぬ作歌姿勢に、為兼という歌人の大胆な革新性があるかと思う。以前にも触れたが、「こと葉にて心をよまむとすると、心のままに詞の匂ひゆくとは、変はれる所あるにこそ」(『為兼卿和歌抄』)という作歌姿勢、あるいは「その事に向きてはその事になりかへり、そのまことをあらはし(中略)それに向きてわが心の働くやうをも、心に深く預けて、心に詞をまかする」(同上)という作歌姿勢がとらえた初秋の風景こそが掲出歌だということになる。

漫然とした景物の配置のようにも見えるが、中空を吹く秋風↓上空の浮雲↓澄みわたる大空↓西空の夕日↓夕日を浴びて秋風にそよぐ川岸の青柳、といった遠近の景に対する短時間の眼と心の動きは決して不自然なものではない。むしろ眼と心の動きのままに自在に描きとった、初秋の鮮やかなパノラマなのである。

武蔵野を人は広しといふ吾はただ尾花分け過ぐる道とし思ひき

田安宗武　悠然院様御詠草　二一九

尾花は、ふさふさとした花穂をつけた状態のすすき、古くから山野に自生しており、すでに万葉の季節歌にも歌われている。「秋づけば尾花が上に置く露の消ぬべくも我《あ》は思ほゆるかも」（巻8・一五六四）といった、露との取合わせで秋の繊細な気分を相聞に重ねる歌も天平期には出現する。秋の歌材として王朝から中世和歌にも詠みつがれるが、万葉歌の尾花のイメージから大きく逸脱することはなかった。

しかし、掲出歌は趣が異なる。武蔵野を人は際限なく広いというが、私は単に生い繁る尾花を踏み分けて過ぎる道と思っただけだ、と歌う。尾花は丈高く繁って行く手をさえぎる邪魔者にすぎない。と同時に、古来歌枕として「ゆく末は空もひとつの武蔵野に草の原より出づる月影」（新古今　巻4・四二二）といった、広大な原野のイメージを負ってきた武蔵野も、その歌枕的な文学性を否定される。宗武は狩猟のために初秋の武蔵野に入り、鬱陶しい尾花を踏み分けて歩いた。その実感だけを率直に歌っているわけだ。

田安宗武は徳川八代将軍吉宗の次男、十七歳の時に徳川御三卿のひとつ田安家を立てて当主となった。歌集名の悠然院は諡号。歌人としては近世における万葉復興の先駆となるひとりでもあった。初め新古今歌風を尊重する荷田在満《かだありまろ》を古典・歌学の師とするが、袂をわかち、『万葉考』の賀茂真淵に師事、独自の万葉継承を遂げていく。

掲出歌の、実感実情だけをぶっきらぼうに投げ出すように簡潔に歌う述志的な表現、凛として張りのある五七調の調べは宗武の開いた歌境をうかがわせる。こういう歌と近代の新派和歌はかなり近い位置にあると思われる。

鳴けや鳴け蓬《よもぎ》が杣《そま》のきりぎりす過ぎゆく秋はげにぞかなしき

曾禰好忠　後拾遺和歌集　巻4・二七三

十一世紀に編纂された日本最古の漢和辞書『倭名類聚抄』には、「蟋蟀」の和名は「木里木里須《きりぎりす》」とある。「蟋蟀」は現在のこおろぎのことだから、平安時代にはこおろぎをきりぎりすと呼んでいたようだ。この一首の歌う「きりぎりす」は夏の草原を威勢よく跳びはねる虫ではなく、さびしげな音色で秋の暗闇に鳴く蟋蟀のことである。

鳴けよ、鳴け、杣（材木用に植林した樹木、あるいはその山）のように茂り立つ蓬の下の蟋蟀よ、過ぎてゆく秋はおまえの鳴き声のように悲しい、というのだ。和歌的には蟋蟀は秋の悲愁を誘う虫だったようで、「きりぎりすいたくな鳴きそ秋の夜のながき思ひはわれぞまされる」（古今　巻4・一九六）、「わがごとく物やかなしききりぎりす草のやどりに声絶えず鳴く」（後撰　巻5・二五八）などの先蹤がある。

掲出歌の一風変わったところは、「蓬が杣」という見立てにある。この見立てによって、蓬の下のちっぽけな蟋蟀はおのずから杣木の下の、これまたちっぽけな人間のイメージと重なる。ちっぽけな人間とは好忠自身のことでもあろうが、ここでは蟋蟀も人間も蓬や杣との比較によって相対化され、等しくちっぽけな存在となる。ちっぽけな虫と人間とが、過ぎゆく季節への悲愁を低い視点から共有するという意表を衝いた発想には、好忠らしい反骨精神がみなぎっている。

藤原長能《ながとう》が「狂惑のやつなり。蓬が杣と云ふ事やはある」と罵倒したと『袋草紙』は伝える。三代集の風雅の和歌的規範性から見れば、そう評されてもしかたがない。こういう奇妙ともいえる歌をあえて採った、『後拾遺和歌集』の撰者藤原通俊の大胆な編集姿勢もおもしろい。

しぐれの雨間《ま》なくし降れば真木の葉も争ひかねて色づきにけり

作者未詳　万葉集　巻10・二一九六

しぐれが絶え間なく降るので、真木（杉や檜などの常緑樹）でさえも抗いかねて、色づき黄葉（『万葉集』では「紅葉」の用例はきわめて少ない）してしまった、と歌う。「争ひかねて色づきにけり」という認識は万葉独特のもの。意思を備えたしぐれと真木が争って、真木が敗れたわけなのである。

紅葉は季節の気温変化によるホルモンと色素の働きで起こるというのが現代科学の常識だが、古代人は天候気象の呪的な力に樹木や植物が屈したという風に認識していた。開花・落花に関しても同じである。「春雨に争ひかねてわがやどの桜の花は咲きそめにけり」（巻10・一八六九）、「白露に争ひかねて咲ける萩散らば惜しけむ雨な降りそね」（同二一一六）のように、端的に「争ひかねて」と歌われている。

天候気象の中でも、とりわけ雨や雪や露のパワーは強いものと見なされていた。古橋信孝が指摘するように「雨や雪は神々の世界である天から降って来るものだから、呪力があるのは当然だった」（『雨夜の逢引』）のだ。「雨」と「天」はともに和語では同じ「あめ」。古代人の間ではほぼ同じものと理解されていたはずである。

掲出歌のように、あらわに「争ふ」「競ふ」といった説明を前面に出さず、「しぐれの雨間なくし降れば三笠山木末《こぬれ》あまねく色づきにけり」（巻8・一五五三）、「九月《ながつき》のしぐれの雨に濡れ通り春日の山は色づきにけり」（同二一八〇）のように理を表現内部に沈め、自然風物の描写に向かう歌もすでに同時代には出現する。この方向に和歌の題材としての紅葉（黄葉）は洗練深化されていった。

にほどりの葛飾早稲《かつしかわせ》のにひしぼりくみつつをれば月かたぶきぬ

賀茂真淵　賀茂翁家集　巻1・一八四

題詞に「九月十三夜県居にて」とある。明和元（一七六四）年九月十三日、当時六十八歳の賀茂真淵が新築の自宅県居《あがたい》に弟子を招き、月見を楽しんだ際の五首中末尾の歌。新県居は江戸日本橋浜町山伏井戸の東にあり、近くを隅田川が流れていた。その対岸が下総国葛飾。

「にほどりの」は万葉の枕詞だが、地名に掛かるのは「にほどりの葛飾早稲を饗《にへ》すともその愛《かな》しきを外《と》に立てめやも」（巻14・三三八六）という下総国の東歌一首だけである。葛飾には湿地帯が多かったから、鳰鳥（かいつぶり）も多かっただろう。掲出歌は、この新嘗祭（収穫祭）を背景にした素朴な相聞を意識していたはずだ。葛飾早稲から醸造した新酒を酌みかわしていると、すっかり月は傾いてしまったというのである。

真淵の没後、『賀茂翁家集』を編纂した門弟橘千蔭の序文によれば、真淵の歌境には時系列的に三段階があり、晩年の最終段階には「いたく思ひあがりてまうけずかざらず、たれも心のおよびがたきふしをのみ作られき」とある。真淵自身が『万葉考』で説いた「なほくひたぶるな心」ということだろう。掲出歌は素朴で平明だが、どこか豊かで悠揚迫らざる味わいがある。

「秋の夜のほがらほがらと天の原てる月かげに雁鳴きわたる」、「あがたゐの茅生《ちふ》の露原かきわけて月見に来つる都人かも」など一連の歌にも、「なほくひたぶるな心」が大らかな調べとともに感じられる。なお、佐佐木信綱に「県居の九月十三夜」（「中央公論」大5・10）という、この月見の夜を仔細に描いた短編小説がある。

月やどる沢田の面《おも》にふす鴫《しぎ》の氷より立つ明けがたの空　　頓阿　続草庵集　巻2・一二三〇

鴫はヤマシギのように日本列島を離れぬ種類もあるが、多くは北方と南方の間を移動、春や秋に列島に飛来する渡り鳥である。鴫の歌といえば、西行の「心なき身にもあはれは知られけり鴫立つ沢の秋の夕暮」（新古今　巻4・三六二）がただちに思い浮かぶが、頓阿の鴫の歌も、近世では有職故実に関する随筆『安斎随筆』（伊勢貞丈）を始め広く賞賛され、「沢田の頓阿」といわれた。

月の姿の冴え冴えと映る沢田の水面に臥していた鴫の群れが、氷のような水面から飛び立つ明け方の空よ、と歌う。口語訳してしまうと、一首の見せどころの「氷より立つ」が霞むかも知れない。晩秋暁闇の月かげにほの白く照らされた氷上から、鴫の群れが暁の空へと一斉に飛び立つ場面だが、頓阿は西行の歌を慕っていたから、この遥かなる先人の鴫の歌を意識していたと考えるべきだろう。他に類想歌として「わが門の刈田のねやにふす鴫の床あらはなる冬の夜の月」（新古今　巻6・六〇六）、「すみわたる月影清みみなせ川むすばぬ水を氷とぞ見る」（拾遺愚草　二二六七）などの歌があげられるが、頓阿の一首はこうした先行歌とは異なる独自の凄絶な美の世界を形象している。

頓阿の歌を評して、二条良基『近来風体抄』は歌の姿はなだらかで「ことごとし」くはないが、「歌ごとにひとかど珍し」いとする。「鴫の氷より立つ明けがたの空」は西行の「鴫立つ沢の秋の夕暮」よりも緻密な構成がうかがえ、場面に微妙な明暗や静動のコントラスト、立体感が備わる。なるほど「沢田の頓阿」なのであった。

村雨の露もまだひぬ真木の葉に霧立ちのぼる秋の夕暮

寂蓮　新古今和歌集　巻5・四九一

通りすぎた村雨（驟雨）の露もいまだ乾かぬ真木の葉からしきりに霧の立ちのぼる秋の夕暮よ、と歌う。村雨の通過とともにいよいよ冷えまさり、濃い夕霧のたちこめはじめた深山の情景がイメージされる。

題詞に「五十首歌奉りし時」とある。これは建仁元（一二〇一）年二月、後鳥羽院主催による、老若それぞれ五人ずつが競った「老若五十首歌合」のことである。寂蓮は老の側にまわって秋の題で掲出歌を歌った。典型的な題詠だが、水墨画のようなモノトーンの色調で場面を抑え、リアルな生動感をはらんだ晩秋のイメージが構築されている。

「三夕の歌」と呼ばれる「秋の夕暮」歌三首が『新古今和歌集』にはある。その中の一首が同じく寂蓮の「寂しさはその色としもなかりけり真木立つ山の秋の夕暮」（巻4・三六一）。久保田淳は、視点の固定した「スライド写真」的な三六一番歌に対して、掲出歌には微視的な視点から始まり、次第に視覚を拡げてゆく「映画的手法」があるとしているが（『新古今和歌集全注釈』）、一首の生動感とは、そういう凝った技巧から生まれたものと思われる。

「天の川霧立ちのぼるたなばたの雲の衣のかへる空かも」（万葉　巻10・二〇六三）、「消えかへり露もまだひぬ袖の上に今朝は時雨るる空もわりなし」（『蜻蛉日記』）、といった歌の表現からの影響もいわれるが、寂蓮が目ざしたものは新古今歌壇の共有する余情に富んだ奥深い世界であった。ここには、みずからを触媒として伝統的な蓄積を同時代の創造に再構成する寂蓮の作歌的膂力が歴然とうかがわれる。

今朝の朝明《あさけ》かりがね聞きつ春日山もみちにけらし我《あ》がこころ痛し

穂積皇子　万葉集　巻8・一五一三

二句で切れ、畳みかけて四句で切れ、典型的な万葉五七調を奏でる一首。口ずさむと、ぶっきらぼうに口を衝いて出たつぶやきのようでもあり、句切れの間に深い断絶があるようにも感じられ、さらに四句の「けらし」と結句の「痛し」の「し」の重なりが痛切な訴えのように後を引く。妙に謎めいた韻律をもっているのだ。

今朝の明け方、雁の声を聞いた、春日山は黄葉（先にも触れたが、『万葉集』では「紅葉」の用例はきわめて少ない）するらしい、私の心は痛む、と歌う。三つの短文のうち前二文の因果関係は明白だが、それらと結句の述懐の関連がはっきりしない。題詞には「穂積皇子の御歌二首」とあるだけで、作歌事情の手がかりはない。もう一首は「秋萩は咲くべくあらし我《わ》がやどの浅茅《あさじ》が花の散りぬる見れば」（一五一四）という平凡な歌。

この二首の後に、但馬皇女の「言繁き里に住まずは今朝鳴きし雁にたぐひて行かましものを」（一五一五）が置かれる。巻二の相聞部に、天武天皇を父とする異母兄妹の二人に関する禁断の恋の歌物語があり、「我がこころ痛し」を皇女との悲恋に関連づける解釈も多いが、決定的な根拠に欠ける。「かりがね」が恋の悲痛な物思いを誘うという発想は『万葉集』にすでにあるが、その文脈で読むと「春日山もみちにけらし」が浮いてしまうだろう。

ここには秋の自然美を愛でる万葉人の共同的な発想が見られない。極私的な感情が無造作に表出されているかのようでもあり、秋そのものを悲しむ中国詩の「悲秋」という観念的詩想を先取りしているようにも見える。そのあたりがよくわからないのも、謎めいた感を喚ぶのだろう。

秋来ぬと目にはさやかに見えねども風の音にぞおどろかれぬる

藤原敏行　古今和歌集　巻4・一六九

秋の和歌の定番の一首。題詞に「秋立つ日よめる」とあり、巻四秋歌の巻頭歌である。まだ濃厚に夏の趣の残る立秋の日（太陽暦では八月初旬）に詠まれた。秋がやって来たとは、景物の上にははっきり見えず、あたりの風情は夏のままだが、風の音を聴くと、おのずから秋の訪れにはっと気づかされることだ、というほどの意。

夏から秋への季節の推移を、まず暦の上の認識によって知的にとらえ、風の音の微妙な変化から秋の到来を感じ取ったという表現に仕立てた。盆地の平安京の夏に対する当時の人々の辟易するような思いからすると、その音は待ちこがれた清涼の季節そのものだったろう。

視覚や皮膚感覚ではなく、秋の到来を聴覚によって歌うことで鮮やかな実情感を演出し、発想に見え隠れする観念性の突出を抑えている。視覚的には夏、聴覚的には秋というコントラストも知的・観念的な発想なのだが、「風の音にぞおどろかれぬる」にこもる実情感が一首を決めた。初句の「と」、三句の「ども」、四句の「にぞ」の強い音が一気呵成の調べに強い張りを与えており、この高く張った調べも確かな実情感を支える。

この歌は、藤原公任撰『三十六人撰』、それを受けた藤原俊成撰『俊成三十六人歌合』、さらに後鳥羽院撰「時代不動歌合」にも採られ、後代のしかるべき歌人からも高い評価を得ている。早くから秋の古典和歌の定番となる道すじが敷かれていたようだ。現代のわれわれが秋の訪れを感受するパターンのひとつにも、風の音の微妙な感知があるはずである。掲出歌の影響かも知れない。

薄霧《うすぎり》の籬《まがき》の花の朝じめり秋は夕べとたれかいひけむ

藤原清輔　新古今和歌集　巻4・三四〇

題詞に「崇徳院に百首歌たてまつりける時」とある。これは久安六（一一五〇）年に奏覧された崇徳院主催の「久安百首」のことで、崇徳院はじめ十四名が参加した。詠進までにかなりの歳月を要したらしく、当初の参加者三名が途中で亡くなり、清輔はその補充メンバーの一人であった。

掲出歌は「清輔百首」の秋二十首中の一首。薄い霧のただよう籬（＝垣根）に咲く花が朝露でしっとりと濡れている、その「朝じめり」のなんと美しいことか、秋は夕暮れに限るなどと誰がいったのであろうか、というのである。むろん、「秋は夕暮れ」といったのは清少納言。『枕草子』一段で確かにそういっている。

夕陽の近づいた山の稜線、そこに向かって帰る数羽の鴉の急ぐさま、彼方に雁の群れが小さく見えるさま、これらが「お（を）かし」く、さらに日没後の風の音や虫の鳴き声は「あはれなり」と記した。清輔の一首は、この夕暮れの美意識に異を唱えていることになる。正確には、夕暮れに限らず、朝の情景にも秋の美があるとしたわけだろう。清少納言の有名な一節を引き合いに出したのは、自説を強調する修辞的な趣向と考えるのがいい。

この朝の情景も『枕草子』の描く情景と対照をなす。遥かな稜線と空に対して、こちらは目先の籬である。飛び去る鴉や雁に対して動かぬ花である。『枕草子』の遠景と対になることで、朝の小景が際立つ。窪田空穂は、この花の小景を「しめやかで、衰えた美というべきもの」（『新古今和歌集評釈』）とする。籬の花を夏の名残の花と見ているのであろう。納得できる鑑賞である。

おほ空の月の光しあかければ真木の板戸も秋はさされず

源為善　後拾遺和歌集　巻4・二五二

題詞に「土御門右大臣家に歌合し侍りけるに、秋の月をよめる」とある。土御門右大臣とは源師房《もろふさ》。長暦二（一〇三八）年九月の歌合開催当時は権大納言だった。歌合での題は「秋夜月」、その際のテクストは「おほ空に月の光のあかき夜は真木の板戸もさされざりけり」である。入集歌のほうが濃やかな表現になっているかと思う。

大空の月の光が明るいので、真木の板戸も秋になると鎖すことはできない（「れ」は可能の助動詞）というのだ。秋の夜は澄んで乾いた大気のせいで、確かに月光は春や夏よりは明るく感じられる。秋の月明と板戸に閂《かんぬき》を鎖せないということの関連は謎めいているが、要するに、月の明るい秋の夜には男女の逢瀬の機会が増えることが背景となる。

「君や来む我や行かむのいさよひに真木の板戸もささず寝にけり」(古今　巻14・六九〇）という一首などから、十五夜や十六夜《いざよい》などの月明の夜は逢瀬（現実には男の通い）の絶好期であり、女たちは板戸を鎖さずに恋人の訪れを待ったのである。掲出歌はそういう板戸のたたずまいを歌っており、月光に濡れた板戸の向こうには恋人を待つ女の姿がイメージされているだろう。

『源氏物語』一三帖「明石」の一場面で、わずかに開いた「月入れたる真木の戸口」の奥で明石の君は源氏を待つ。為善が当該部分を意識していたかどうか、歌の気分としては、この「明石」の場面などを彷彿とさせる。門を鎖さぬ真木の板戸は、澄みわたる月とセットになって秋の情緒を湛える風物でもあったわけだ。

秋の野になまめき立てる女郎花《をみなへし》あなかしがまし花も一時《ひととき》

僧正遍照　古今和歌集　巻19・一〇一六

秋の題材を詠みこんではいるが、『古今和歌集』撰者はこれを誹諧歌に分類している。誹諧歌の定義は必ずしも明確ではないが、「ざれごと歌といふなり。よく物いふ人の、ざれたはぶるるがごとし」（『俊頼髄脳』）、「誹諧歌といへるは、利口の歌とも云義なり。口ぎき弁説ある人の、ざれ事するがごとく也」（『和歌色葉』）などの平安・中世の歌学書が、その輪郭を説きえているかと思う。

秋の野にあたかも色香を競うかのごとく咲き並んでいる女郎花よ、ああ、うるさいことだ、どうせ花が匂うのもひとときのことなのに、というのである。明らかに、女郎花は若い女たちの喩であり、時分の花ともいうべき艶やかな色香を冷ややかに批評したものと解せる。

遍照は僧侶であるから、むろん仏教的無常観の影も落ちてはいるだろうが、ここは「歌のさまは得たれど、まことすくなし。たとへば、絵にかける女を見て、いたづらに心をうごかすがごとし」という仮名序の歌人論が当たっているかも知れない。「散りぬればのちはあくたになる花を思ひ知らずもまどふ蝶かな」（古今　巻10・四三五）といった同趣の歌も見え、後の吉田兼好などを思わせるような、俗中にあって洒脱軽妙な僧侶歌人だったようだ。

掲出歌に続く「秋くれば野辺に戯《たは》るる女郎花いづれの人か摘《つ》まで見るべき」（一〇一七）という一首などと並べると、歌垣系の古代歌謡における男の求婚歌の面影がある。揶揄や悪口の歌を通して、女たちを誘う歌である。秋の野を華やかに彩る女郎花を若い娘に見立て、誘いかける求婚歌謡の伏流があったのかも知れない。

夕されば野辺の秋風身にしみてうづら鳴くなり深草の里

藤原俊成　千載和歌集　巻4・二五九

深草は山城国を代表する歌枕の地である。皇室の陵墓があり、その名のとおり草深い野に鶉が棲息するといった平安京郊外の境界をイメージさせる。この深草を舞台とした男女の物語が『伊勢物語』一二三段にある。

深草に住む男女がいた。男は女に飽き、「年を経て住みこし里を出でていなばいとど深草野とやなりなむ」（長く住んだ里を俺が去ったら、いよいよ草深い里になろうな）などと残酷な歌を贈った。女は「野とならばうづらとなりて鳴きをらむかりにだにやは君は来ざらむ」（ここが荒野となったら私は鶉となって鳴きましょう。そうしたら、あなたは仮りにでも――狩りにさえ訪れることもないでしょう）と健気に答えたところ、男は深草にとどまったという。

掲出歌は、この物語と贈答歌を踏まえて詠んだと俊成自身が語っている（「慈鎮和尚自歌合」一〇六、七の判詞）。夕暮れがやって来ると、野原を吹きわたる秋風が身にしみて、鶉の鳴くのが聞こえる深草の里よ、というのだが、一首のテクストだけでは、ここに心理的な物語は読み取れない。しかし『伊勢物語』に連想が及べば、これは深草を去った男が鶉に化身した女の鳴き声を聴く場面だということになる。つまり、俊成は一二三段の幸福な結末をほろにがく改稿して見せたともいえる。深草の野に立つのは俊成であると同時に、昔男と考えるのがいい。

題詞に「百首歌奉りける時、秋の歌とてよめる」とあるが、これは先に触れた藤原清輔「薄霧の籬」の歌と同じ崇徳院主催の百首歌に詠出された。俊成の古典を踏まえた新しい作歌方法が鮮やかに示された一首といえるだろう。

月読《つくよみ》の光に来ませあしひきの山きはなれて遠からなくに

湯原王　万葉集　巻4・六七〇

月の光を頼りに私のもとにおいでください、山が分かち隔てて遠いというわけでもないでしょうから、というのである。四句は古写本には「山寸隔而《やまきへなりて》」と表記されるが、「寸」の解釈が定まらない。ここは「切る」「分かつ」と見る『万葉集注釈』説に従うこととする。

特定の人物に贈った歌らしく、次に「和《こた》ふる歌」と題されて「月読の光は清く照らせれど惑へる心思ひあへなくに」（六七一）という作者未詳の返歌がある。確かに月光は清らかに照らしていますが、恋する心の思い乱れる私にはあなたのもとに行くことなんて考えられません、と誘いを断っている。恋する思いで心が千々に乱れ、逢いに行く余裕はないというのだが、理由としてやや苦しい。

巻四は相聞歌巻だから、絶好の月明の夜の、しかも女からの誘いを優柔不断の男が曖昧に断った形の贈答と解せるが、実際は挨拶の歌だろう。湯原王が自邸で催された月見の宴に近所の朋友知己の一人を誘い、事情があって断られたのではなかったか。湯原王の歌も、それを断った相手の歌も作歌主体のありようはどこか女性的である。宴席や書簡の贈答歌には、男同士であっても、みずからを「恋する女」に見立てる習慣があった（拙著『「おんな歌」論序説』）。この贈答もその呼吸を踏襲していると考えるのがいい。

湯原王は志貴皇子の子。濃やかな心理や情景を平明な表現によって歌うのを得意とした人だが、掲出歌にもその片鱗はうかがえる。万葉を慕った良寛の佳詠「月読の光を待ちてかへりませ山路は栗のいがの多きに」（『はちすの露』二一）には掲出歌の影響がまぎれもない。

秋の夜の月に心のあくがれて雲居にものを思ふころかな

花山天皇　詞花和歌集　巻3・一〇六

題詞に「寛和二年内裏歌合によませ給ひける」とあるが、実際は寛和元（九八五）年の八月十日。同歌合序文に「殿上ににはかに出でさせおはしまして、さぶらふ人々をとりわかせたまひて、歌合せさせたまひける」云々とあるから、花山天皇の思いつきでにわかに催された歌合だったようだ。この天皇には奇矯な逸話が多い。

掲出歌は六番歌合の第一番左。題は「月」。歌合では三句は「月に心は」と詠まれている。秋の夜の月に私の心はあこがれて、「雲居＝宮中」にこもり物思いにふける今日このごろだ、というのである。例えば、藤原実行の「澄みのぼる月の光に誘はれて雲の上までゆく心かな」（詞花　巻9・二九三）という歌の「雲の上」も宮中を指すが、掲出歌では身は「雲の上」にありながら、心はむしろ「雲居」に深く閉ざされてしまった憂悶が歌われる。

この悶々たる天皇の心境の背景は『大鏡』が詳しく伝える。天皇の有力な後ろ盾だった外祖父、摂政藤原伊尹《これただ》が亡くなり、弟の右大臣藤原兼家が台頭、皇位をめぐって身辺に不穏の立ちこめる時期だったのである。この歌合の翌年六月、十九歳の天皇は突然出家する。寵愛した女御の死も一因だろうが、『大鏡』は兼家の陰謀によるものとして、その手のこんだ策略の一部始終を記す。

この歌合での右歌は「いつも見る月ぞと思へど秋の夜はいかなる影を添ふるなるらむ」という若き日の藤原公任の歌。公任にしては凡庸な作である。判者、藤原惟成《これしげ》も左を勝ちとしている。天皇側近の惟成は、左歌ににじむ天皇の切迫した心情に共感するところがあったのだろう。

おほかたの秋来るからに我が身こそかなしきものと思ひ知りぬれ

大江千里　大江千里集　三八

この世の誰にも訪れる秋、その秋が私のもとにもやって来るだけなのに、とりわけわが身ばかりが悲しいものだと思い知った、と歌う。悲しみの原因を示すものは「おほかたの秋」だけだから、「悲秋」という「あはれ」を知る作者自身の認識そのものが主題なのだろう。

『古今和歌集』収録当該歌（巻4・一八五）では読人しらずとされているが、理由はわからない。初出「大江千里集」は、寛平九（八九七）年二月、宇多天皇の勅命によって編集したもの（序文）。自分は儒学者で和歌は未熟だから、漢詩の詞句の翻案歌を百二十首詠んで進呈したという。ここから、いわゆる「句題和歌」が始まる。

「千里集」の題には「秋来転覚此身衰」（秋来りて転《うた》た覚ゆ、此の身の衰ふるを）とある。これは白楽天の詩「新秋早起、有懐元少尹」（『白氏文集』巻19・一二四三）の初句。秋の早朝、老い衰えた身を嘆く内容だが、おそらく千里は「衰」を「哀」と誤読したか、意図的に置き換えたかしたようである。結果的には「秋来転覚此身哀」から、「悲秋」という認識を和歌に翻案したと考えられる。

『古今和歌集』当該歌の八首後に、千里の「月見れば千々《ちぢ》にものこそかなしけれ我が身ひとつの秋にはあらねど」（一九三）も含め「悲秋」の歌が並ぶ。秋とその風物が物思いを誘い、人の世の悲しみに至らせるという認識がモチーフとなる歌群である。中国文学の典型的な季節情緒「悲秋」や「秋思」は、かくして初期の王朝和歌に共有されるようになる。『万葉集』の季節歌にも「悲秋」の気分を漂わせる歌はあるが、まだ共有化されていない。

天の原吹きすさみたる秋風にはしる雲あればたゆたふ雲あり

楫取魚彦《かとりなひこ》　楫取魚彦家集　一四七

楫取魚彦は万葉復古を唱えた県《あがた》居《い》賀茂真淵の忠実な門下である。「県門四天王」の一人に教えられた。真淵の死後、江戸派と呼ばれた門弟たちは必ずしも『万葉集』に囚われぬ多様な歌風を展開したが、魚彦は万葉調を貫いた。家集『楫取魚彦家集』は安永五（一七七六）年から二年間に詠まれた二百首余で構成されるが、さながら江戸末期の『万葉集』といった趣がある。

掲出歌もまさにそういう調子を湛えた一首。大空を吹きすさんでいる秋風に、走りゆく雲もあればひとところにただよう雲もある、というのだ。「天の原」と大きく歌い起こしてから一気呵成に歌い進み、重たい結句で歌い据える呼吸は人麻呂の歌を想わせる。この歌、下句が八・八と字余りだが、家集でも一割以上、二十六首の下句が字余りである。おそらく、強い調べや語勢の一首を安定して歌い収めるための工夫だったと思われる。

そのあたりに本家『万葉集』とは異なる韻律上の個性が見えるが、表現においても本家と異なる点がある。描かれた情景は、あちこちに雲が発生し、大気の不安定な秋空のようである。空には高低があるから、上空で強風が吹けば高い雲は走り、風の弱い低空の雲はたゆたう。逆の場合もあろう。掲出歌が描くのは、風にあおられる雲の動きを肉眼でとらえたリアルな景ではないかと考えられる。

魚彦の家集には強い調子の歌だけでなく、例えば「一九二八千万四四八十四三九二八万十九二二四四九九二八七四」（同一八五）といった頓知めいた歌もまじる。「ひと国《くに》は千万《ちよろづ》よしや豊御国《とよみくに》やまと国にし如《し》く国はなし」と訓むのだが、万葉仮名の戯書を読むようで楽しい。

山里《やまざと》のそともの豆生《まめふ》おのづからこぼるる見れば秋更けにけり

井上文雄　調鶴集　三九〇

山里の農家の表にある庭畑だろう、その畑に大豆が生って（収穫し残した苗だろうか）自然に鞘からこぼれ落ちている、それを見ると秋は深まったことだ、と歌う。近代短歌の写生を思わせるような一首である。

作者は幕末から明治初年を生きた井上文雄。田安家の侍医を勤めた人物で、流派としては県居門下の村田春海や岸本由豆流の江戸派に連なるが、その始祖の賀茂真淵よりも『古今和歌集』を規範とする香川景樹に傾倒したらしい。家集『調鶴集』は、門弟佐佐木弘綱の序文によれば、交誼のあった伊賀中将（津藩主藤堂高猷《とうどうたかゆき》）が出資して、文雄晩年の慶応三（一八六七）年に刊行された。

文雄は徳川御三卿田安家の侍医、江戸の日本橋茅場町に住み、「神楽坂春の夜嵐さえかへりかたおろしにも降る霙かな」（同三九）といった江戸風景も歌ったが、掲出歌のような農村を題材とした歌が目立つ。武蔵国入間郡みよし野に安斎保美という門弟がおり、この山里と江戸との頻繁な往来で農村の風景と生活をつぶさに目にすることになった。家集には嘱目または題詠による農村詠が多く、掲出歌のような細やかな観察に基づく佳作を多く残した。

「色づきし小麦のはたに生ひつづく夏そば麦の花咲きにけり」（同一九一）、「賤《しづ》の女《め》は夜寒もいはで緑子をふところにして衣打つなり」（同三五五）、「うちつづき蚕飼《こが》ひよろしき年なれどなほ老人は絹着ざりけり」（同七八八）などの歌には、具体的な農村風景と同時にその生活の実態を見つめるリアルな視線がうかがえる。文雄は江戸派最後の歌人の一人だが、近代短歌の曙光がまぎれもない。

野分《のわき》する野辺のけしきを見る時は心なき人あらじとぞ思ふ

藤原季通《すえみち》　千載和歌集　巻4・二五八

題詞に「百首歌たてまつりける時、秋ノ歌とてよめる」とある。久安六（一一五〇）年に奏覧された「崇徳院御百首歌」（「久安百首」）に季通が詠進した「秋二十首」中の三首目。

野分（台風）が吹きすさぶ野辺の情景を見る時、「もののあはれ」に感じ入らない人はいるまいと思う、と歌う。野分の吹きすさぶ秋の野の具体的描写はない。秋の野の花々が強風に吹き散らされるイメージが余情としてはあるが、一首のモチーフは野分に関する王朝人の共同的美意識を述懐として歌うことにあったようだ。

『源氏物語』二八帖「野分」には、紫の上の「南の殿」の庭を襲う野分の猛威がつぶさに描かれる。

枝を折られる小萩、空中を散る露。翌朝には木の枝も草も折れ伏し、屋根の檜皮《ひわだ》は落ち、立蔀《たてじとみ》や透垣《すいがい》も壊れ、露だけが朝日に美しくきらめく庭の情景が、父（源氏）の妻紫の上に心を奪われ悶々と苦しむ夕霧の眼を通して描かれる。野分の猛威の前になす術なく翻弄される繊細な風物のたたずまいに、嘆息のような情感が重なる場面である。

『枕草子』にも「野分のまたの日こそ、いみじうあはれにをかしけれ」とあり、その猛威によって思わぬ興趣を見せる庭の情景がスケッチされる（一八八段）。勅撰八代集には「野分」の語を詠みこんだ歌は二首しかないが、平安末期になると、「六百番歌合」などに秋の題として登場、秋の可憐な草花を無情に弄ぶ野分が歌われる。野分の圧倒的な力に抗えぬ小自然の見せる「もののあはれ」は王朝人に共有されていった。掲出歌は観念的ともいえるが、こうした蓄積を前提として説得力を持ったのだろう。

野分せし小野の草臥《くさぶ》し荒れはててみ山に深きさ牡鹿の声

寂蓮　新古今和歌集　巻5・四三九

これも野分の歌。勅撰八代集では、前掲藤原季通の歌と掲出歌の二首しか「野分」を直接に詠みこんだ例はない。題詞は前歌四三八番歌と同じく「百首歌たてまつりし時」。正治二（一二〇〇）年、後鳥羽院に奏覧された「正治二年院初度百首」に寂蓮が詠進した「秋二十首」中の十六首目。

一首は、野分の吹き過ぎた野の草の臥処《ふしど》は荒れはてて、遥かな山奥から聞こえる牡鹿の声よ、というほどの意。「草臥し」は『万葉集』の「さ牡鹿の小野の草臥しいちしろく我が問はなくに人の知れらく」（巻10・二二六八）に端を発し、歌ことばとして王朝から中世和歌にも用いられた。野原で鹿が草に臥すところを指すが、万葉歌では「いちしろく（はっきりと）」を導く序詞に使われているように、それとすぐにわかる草の状態なのであろう。

『万葉集』で「小野」というと、野の大小に関係なく、平城京域内の野原を指すことが多いが、ここでも平安京内かその境界の野をイメージするのがいいかと思う。人の生活圏近くに棲んでいた鹿が京を襲った野分から難を避け、山の奥に去ったのである。野分に吹きさらされた荒涼たる草の臥処の光景と山奥から遥かに聞こえる牡鹿の鳴き声の取合わせには、鹿同様に野分の猛威になす術のない人間のはかない生活とその嘆息が重なる。

人間の生活と、そのめぐりの小自然の術なさ、はかなさをとことん知らしめる野分は、同時に「もののあはれ」の美的情感をもたらす秋の自然風物でもあったのだ。掲出歌には、『新古今和歌集』の好んだ荒廃と凄艶の融合した美意識がまぎれもない。それを演出するのが野分である。

知れかしな窓打つ秋の夜《よる》の雨夕べの桐の葉の落つるとき

心敬　心敬集　三二〇

どうか知ってもらいたい、夜は窓を打つ秋雨の音に聴き入り、夕べは桐の巨大な葉が地面に落ちる音に胸を騒がせる、そんな時の私のあなたへの思いを、と歌う。念を押す「かし」、願望の「な」と終助詞の畳みかけは、容易に思いの通じない片恋の相手を連想させる。

題詞に「寄桐恋」とある。『万葉集』「寄物陳思歌」以来の、風物に託して恋の思いを述べる一首なのだ。秋の風物を歌う二句以下を即物的にイメージしても、届かぬ思いに苦しむ者の心象風景に十分にふさわしい。窓を打ち続ける秋の夜の雨に耳を傾け、巨大な桐の葉が落ちる音に夕べを騒ぐ心。余情として纏綿たる恋の情感がにじむ。

しかし、掲出歌は漢詩を句題とする伝統的な方法を取っており、豊かな余情をはらむ二句以下は心敬の独創というわけではない。白楽天の長詩「長恨歌」に漢皇（玄宗帝）が亡き寵妃（楊貴妃）への思いを募らせる場面として「春風に桃李の花開く夜　秋雨に梧桐の葉落つる時」（「長恨歌」）という一節がある。同じく楽天の長詩「上揚白髪人」に「蕭々たる暗き雨の窓を打つ音」があり、これは皇帝の寵愛を失った老官女の暗澹たる日々を描く一節。

掲出歌は、こうした悲恋ともいうべき唐詩の物語とその情緒をコンテクストに揺曳させている。とりわけ「長恨歌」の対句の一節は、連歌師心敬が恋の句の理想とした（『ささめごと』）。掲出歌には唐詩の世界に余情の一切合財がゆだねられた趣もあり、この余情から新たなイメージが生みだされる予感もはらむ。おそらく、それは連歌を展開させていく呼吸だったのかも知れない。

きりぎりすよる松風に声わびてあくるよりまたひぐらしの声

慈円　文集百首　三〇

「きりぎりす」は以前にも触れたが、蟋蟀の和名である。蟋蟀は秋の夜長や初冬に近い季節感を負う歌ことばでもあるが、掲出歌では初秋の「ひぐらし」と同季の風物として詠みこまれている。

これも当時広く読まれた『白氏文集』中の詩を句題とする題詠であった。「文集百首」は建保六（一二一八）年に慈円が企画立案、藤原定家と寂身とともに詠んだ句題百首歌である（寂身は百首に達していない）。慈円の家集『拾玉集』にも再録、そこに付された跋文は、冒頭に白楽天を「文殊之化身」（＝仏の智慧の化身）と称賛、和歌は漢詩文と唱和すべきであるが、同時に和歌を「神国之風俗」（＝神国日本独自の習い）とする高い自尊心が記される。

句題は「相思夕上松台立　蛬思蟬声満耳秋」。楽天の七言絶句「題李十一東亭」の前半二句である。原作の「蛩」が百首歌の題では「蛬」になっているが、ともに蟋蟀の意。遠く離れた友人李十一（李建）を偲び松台に立つと、蟋蟀と蟬の声が耳に満ちてもの悲しい秋だという。

掲出歌は、蟋蟀の声が松風とともに聞こえる夜、蜩の声が聞こえる朝という時間の流れの中に題意を拡げようとした一首である。秋の悲哀が蟋蟀や蟬の鳴き声とともに夕べのひとときに溢れる白楽天の原詩の世界を、夜は蟋蟀、朝は蜩に分けて、四六時中、絶えることのない秋のもの悲しさを歌う。松風と蟋蟀の取合わせにも（二句目「よる」は「寄る」と「夜」の掛詞）、哀感の重層的な演出が働く。「文殊之化身」と和しながらも、「神国之風俗」の面目を示そうとする慈円の彫心鏤骨の跡がうかがえる一首であろう。

とまらじな雲のはたてに慕ふとも天《あま》つ空なる秋の別れは

藤原為家　続後拾遺和歌集　巻5・四〇六

留まることはないだろう、あの雲の果てまでどんなに私が慕って追いすがっても、天空のかなたに去る秋との別れは、と歌う。語の構成にしたがえば、秋との別れが留まるまいという隔靴掻痒の解釈になるが、むろん秋そのものが留まることはないのである。

題詞には「暮秋の心を」とあるが、出典となった『大納言為家集』では「九月尽」と題される。暦の上では秋の最後の日ということになる。十一世紀初頭に成った『和漢朗詠集』にも「三月尽」とともに「九月尽」が句題とされている。春と秋は王朝人の優劣つけがたく愛した季節だから、この二季との惜別が題の持つ本意となる。

掲出歌に見える、秋の通い路が天空に存在するという発想は王朝和歌の初期から共有されていた。「惜しめどもとどまらなくに春がすみ帰る道にし立ちぬと思へば」（古今　巻2・一三〇）、「夏と秋とゆきかふ空の通ひ路はかたへ涼しき風や吹くらむ」（同　巻3・一六八）、「冬ながら空より花の散り来るは雲のあなたは春にやあるらむ」（同　巻6・三三〇）といった在原元方や凡河内躬恒らの歌に、天空を行き交う季節という発想が先行する。

掲出歌は、季節との惜別の本意を古い伝統に添って歌い上げたわけである。「とまらじな」という強い初句切れで歌い起こすのは為家の好みだったらしく、同趣の歌が家集には三首ほどある。「たのまじな」で歌い起こす例も目立つ。父定家の「とまらじなよもの時雨の古郷となりにしならの霜の朽ち葉は」（拾遺愚草　一三五八）を意識していたろうが、為家歌には独特の伸びやかな味わいがある。

冬

わび人や神無月とはなりにけむなみだのごとく降るしぐれかな

在原元方　新勅撰和歌集　巻6・三六四

晩秋から冬にかけて世を侘び、はかなむ心情がつのる、と歌うのは、いかにも草木の凋落の季節にふさわしい。古典の季節歌がもっとも得意とした心物照応の世界である。元方の歌もその典型的な一首。ああ、世をはかなむ人に冬十月がやって来たのだろうな、その人の涙のようにしきりにしぐれが降ることだ、というのである。

『新勅撰和歌抄』、『新勅撰集秋風抄』などの校本は初句を「わびことや」とするが、ここは岩波文庫や新編国歌大観本のテクストに従う。「わびことや」とすれば、一首の主体はまぎれもなく作者自身ということになる。「わび人や」は、その直接感を知的に朧化してはいるが、しぐれをわが涙に見立てる「わび人」はやはり元方自身という風に読める。こういう婉曲な表現をとりながら実情感を失わぬ「古典」を『新勅撰和歌集』撰者の藤原定家は好んだようだ。

この歌の前に相模の「いつもなほひまなき袖を神無月濡らしそ降るはしぐれなりけり」が置かれており、こちらは恋の涙としぐれの取合わせになる。その他、「ちはやぶる神無月こそかなしけれわが身しぐれにふりぬと思へば」（後撰　巻8・四六九）では老いてゆく悲哀がしぐれと照応し、「いにしへを恋ふる涙のしぐれにもなほふりがたき花とこそ見れ」（続後撰　巻8・四七八）では懐旧の涙がしぐれに重なる。

「雨の巷に降る如く　われの心に涙ふる。　かくも心に滲み入る　この悲みは何ならん」（ポール・

ヴェルレーヌ「雨の巷に」堀口大學訳）が連想されるが、しぐれに限らず雨と涙の照応は東西共通の発想だった。掲出歌には、なだらかな七五調に愛誦をさそう心地よさがある。

あさぼらけ宇治の川霧たえだえにあらはれわたる瀬瀬《せぜ》の網代木《あじろぎ》

藤原定頼　千載和歌集　巻6・四二〇

『小倉百人一首』で広く知られた歌。場面は夜が白々と明ける冬の宇治川である。冷えきった川面を覆いつくす川霧がとぎれとぎれに晴れてくる。そのあいまから瀬に仕掛けた網代の杭が次々に現われてくるのだ。「あらはれわたる」というのだから、ついに川面から霧がほぼ消えさり、冬早朝の宇治川の一景が読者に見渡されることになる。

網代は竹や木を編んで網として川瀬に立てた漁具、それを固定する杭が網代木である。宇治川では主として鮎漁に用いられた。冬場には、その稚魚である氷魚を獲る。宇治川と網代は万葉の時代から歌の題材とされており、後に網代は和歌の題そのものともなっていく。定頼の念頭には、この系列の歌の先蹤となった柿本人麻呂の「もののふの八十宇治川の網代木にいさよふ波の行方知らずも」（万葉　巻3・二六四）があったはずである。

題詞に「宇治にまかりて侍りける時よめる」とあるから、これは題詠ではなく実情に即した歌と考えられる。早朝の宇治川の実景に触発されて詠んだ、と題詞は語っているのであろう。一首に、霧が川面を覆いつくした状態から晴れわたるまでの時間が流れ、刻々と消えていく川霧、次々に姿を現わす網代木や瀬の水流といった動態が鮮明にイメージされる。ここには、今日われわれの理解する叙景歌が確実に出現しているといえよう。

定頼は紫式部の娘小式部内侍を揶揄して、機智に富んだ内侍の即興の歌に返歌できず退散した、いささか情けないエピソード（『金葉和歌集』他）で知られる人物だが、こうした叙景の歌などに見るべきものが多い。

やまざとの柴のいほりも冬くればしらたま葺けるここちかもする

恵慶　恵慶法師集　二三八

山里にむすぶ粗末な柴の庵も、冬がやってくると、美しい白玉を屋根に葺いているような感がする、というほどの意。「しらたま」は、「海神《わたつみ》の持てるしらたま見まく欲り千度《ちたび》の告りし潜《かづ》きする海人《あま》は」（巻7・一三〇二）といった万葉歌に歌われているように真珠をさすことが多い。万葉では「白玉」「白珠」の表記が大半を占めるが、「真珠」と表記される例もある。真珠や、それに匹敵する美しい石、貝を指すのだろう。

恵慶法師が「しらたま」に見立てているものは、霰である。板葺きの屋根に霰が降って、わびしく粗末な草庵の頂が真珠を散りばめたように燦然とかがやいている情景である。『枕草子』に「ふるものは、雪。霰（中略）時雨、霰は、板屋」（二三二段）とあるが、雪とともに霰も、冬空から降るものとして賞賛され、板屋根に降る霰がおもしろいとされる。清少納言は霰が板屋根を軽快に打ちつける音に興を覚えているのだろうが、恵慶は降り敷いた霰の視覚的な美を説く。

この一首は曾禰好忠の群作百余首に「返し」として作られた歌である。「葺けるとて人にも見せむ消えざらばあばらの宿に降れるしらたま」（好忠集　四〇六）に対応するかと思うが、例によって好忠の烈しい歌いぶりに対し、恵慶のほうはどこかおっとりと純朴な趣がただよう。

おそらく、それはこの歌の古風な表現にある。結句の「かもする」は、万葉でも柿本人麻呂の挽歌（巻2・一九四）に一例のみ見られ、以降はほとんど用例を見ない。万葉訓点作業に従った源順が自歌に取りこんでいるが、恵慶は順の作歌交友圏にあった僧侶である。遥かな古典『万葉集』が王朝歌人の間によみがえろうとする時代だったのである。

濡れ濡れもなほ狩り行かむはし鷹のうはばの雪をうち払ひつつ

源道済　金葉和歌集　巻4・二八一

冬に入ったころの鷹狩りの場面。狩衣にかかって溶ける雪に濡れながら、なお狩りを続けていこう、はし鷹（＝鷂。大鷹より小ぶりの鷹）の上羽に降りかかる雪をうち払いながら、というのである。鷹狩りは歌題でもあるが、実際に古代から近世にいたるまで皇族、貴族、武家に根強く愛好された。『日本書紀』仁徳紀によれば、天皇四十三年九月に初めて鷹が天皇に献上され、これを訓練して天皇自身が鷹狩りを行った。万葉時代には大伴家持が鷹を愛し、鷹狩りを好んだことは「放逸せし鷹を思ひ、夢に見て感悦して作る歌」（巻17・四〇一一～一五）などで知られる。『蜻蛉日記』には作者の息子道綱が鷹を飼っていた記述がある。ことほどさように、鷹狩りは貴族層を中心に広く愛好されていた。

この歌に関して『俊頼髄脳』におもしろい逸話がある。同じく鷹狩りを歌った藤原長能の「あられ降る交野《かたの》の御野《みの》の狩ごろも濡れぬ宿貸す人しなければ」（長能集　一九一）と掲出歌の優劣をめぐって長能と道済は長く論争していた。ついに藤原公任のもとに赴き、優劣を問う。公任は「まこと申したらむに、おのおの腹立たれじや」と断った上で、道済の歌を優るとした。優劣の判定基準はリアリティーにある。

長能の歌、雨が降った程度で止める鷹狩りはないし、霰くらいで狩衣が濡れとおることはあり得ない。これに対して道済の歌は、濡れながらも「なほ狩り行かむ」と本来あるべき鷹狩りの実情を詠んでいる、その楽しさも伝わる、というのである。確かに道済の一首には、リアルな臨場感が描写の細部（下三句）にまでみなぎる。それくらい鷹狩りは貴族たちに熟知された遊びだったのである。

みぞれ降り夜のふけゆけば有馬山いで湯の室《むろ》に人の音《と》もせぬ

上田秋成　藤簍冊子《つづらぶみ》　巻2・三七〇

研ぎすまされた聴覚をうかがわせる一首。みぞれが降り夜が更けていくと、ここ有馬山の温泉の室には人の声も気配もまったくしない、と歌う。さきほどまでは人の声や気配はあったが、深夜に至った今、降り続けるみぞれが屋根や草木、地面に落ちる音のみが秋成の耳に満ちる。

『藤簍冊子』には「霙」という題詞があるだけで、作歌事情は記されていない。聴覚に神経を注いだ歌いぶりに、私は失明後の一首ではないかと考えたりした。秋成は五十七歳の寛政二（一七九〇）年、左眼を失明、翌年四月には右眼の視力も失っている。夏には名医によって左眼は回復したらしいが、このころの歌ではないかと考えてみたのだ。

吉江久彌『歌人上田秋成』によると、秋成には有馬温泉に湯治した記録はないが、城崎温泉には二度行っている（失明以前）。二度目の湯治の回想が『去年《こぞ》の枝折《しおり》』（安永九（一七九〇）年）に書かれる。そこに記された「霙ふる湯ざめの牀の夜もすがら」という発句と掲出歌との類似性から、城崎での体験を基にしながら、地名を城崎から歌枕で名高い有馬山に変え、「しながどり猪名野《ゐなの》を来れば有馬山夕霧立ちぬ宿りはなくて」（万葉　巻7・一一四〇）などの古歌を踏まえた上での虚構ではないか、と吉江は推測する。『雨月物語』の作者なら十分に考えうることだろう。

その上で、失明前後、または後の作歌だとすれば（当時、妻も失っていた）、この冴えやこだわりがにわかにリアルなものになる。客室の床に身を横たえて、暗闇の向こうの湯室に人恋しく耳をそばだてる孤独な心がまぎれもない。

しぐれつつ枯れゆく野辺の花なれど霜のまがきににほふ色かな

醍醐天皇　新古今和歌集　巻6・六二一

残菊を歌った一首である。凡河内躬恒の例の「心あてに」の一首（古今　巻5・二七七）は、盛りの白菊の初霜と見まがうばかりの清浄な美をとらえた歌だったが、一方で色変わりしてゆく残菊の美を題材とする歌がある。これもすでに『古今和歌集』に歌われており、早くから残菊の移ろいゆく色に王朝人の美意識は敏感だったようだ。

これは醍醐天皇御製である。題詞には「上のをのこども菊合し侍りけるついでに」とある。これは延喜十三（九一三）年十月に行われた天皇主催の「内裏菊合」のことだろうが（掲出歌の次に延喜十四年の作が来る）、この時の番外の歌かも知れない。菊はしぐれとともに枯れてゆく野の花ではあるが、霜の置く宮中の籬に移して見ると、なんと美しく映えるその色よ、というほどの意。

白菊は晩秋から冬への時間の推移とともに花弁の色を紅や紫に変えてゆく。これが残菊である。衰え果てた時に濃い赤紫になる。純白の花が妖艶な赤紫にいたるまでの移ろいを王朝人は克明に観察し愛でたのである。神聖なる色の白から高貴なる色の紫への変化というのも彼らの好尚にかなったのかも知れない。中世に入っても「薄く濃くうつろふ菊のまがきかなこれも千種の花と見るまで」（草庵集　巻5・六三二）というような歌が絶えない。

なお「内裏菊合」は御記（天皇自身が書いた記録）をもつ最古の菊合である。時期が冬十月ということもあってか、座に献じられた菊が残菊であったらしく、半数ほどが残菊詠である。後世の菊合の典範となったといわれる歌合に、残菊が多く詠まれたという事実は興味深い。

冬はたの大根《おほね》のくきに霜さえて朝戸出《あさとで》寒し岡崎の里

大田垣蓮月　海人の刈藻　一九六

冬畑の大根の茎に置く霜がさえざえと陽にきらめき、早朝、家の戸をあけて出ていく身には寒さがしみる、この岡崎の里は、と歌う。大田垣蓮月は、幕末にいたる三十五年あまりを京都北白川の岡崎に隠棲していたが、これは寒気のきびしい岡崎の冬の早朝の一景を歌ったもの。

蓮月は伊賀上野の城代家老藤堂良聖の庶子として生まれたが、生後すぐに養女に出された。最初の結婚に失敗、二度目の結婚では夫と死別し、四人の子供もすべて夭折した。出家剃髪し、京都北白川の岡崎に隠棲、自作の歌を彫りつけた急須などの陶器(「蓮月焼」といわれる)を作り、天涯孤独の身の生計を立てた。勤皇の志士との交流もあったといわれ、単に世に背を向け、はかなむだけの尼僧ではなかったようだ。女性を中心に今なお根強い蓮月人気があるのも、屈強な境涯が歌に見え隠れするからだろう。

作歌は香川景樹門下に連なるが、作為・技巧を排した小沢蘆庵の実情歌「ただごと歌」を遠く慕ったらしい。掲出歌の平明な表現にもその影響は感じられよう。上句の描きだす、黒土、太った白い大根の茎(大根は茎と根の区別がはっきりしない)、そのみずみずしい緑の葉、朝かげに冴える霜のイメージには平明簡潔で力強いものがある。

下句の「朝戸出」は「朝戸出の君が足結《あゆひ》を濡らす露原　早く起き出でつつ我も裳裾濡らさな」(万葉　巻11・二三五七)という旋頭歌など集中にも四例ほどしかない万葉語の応用だろう。相聞表現に用いられた複合語だが、掲出歌では「朝戸出」が一首の凜と張った調べの要となっている。近世末期歌人における万葉の影響は蓮月にも見られる。

雲ヲイデテ我ニトモナフ冬ノ月風ヤ身ニシム雪ヤツメタキ

明恵　明恵上人歌集　一〇〇

雲から出てきて、私の伴をしてくれる冬の月よ、おまえは私と同じように風が身にしみるか、雪を冷たく感じるか、と歌う。月と明恵が交感融合、一体化しているような神秘的な趣がある。擬人法といった修辞的間接ではなく、月は作者のかたわらに息づく親しい何かなのである。

この歌には明恵自身が記した詳しい詞書がある。それによると、元仁元（一二二四）年十二月十二日夜、曇天の花宮殿《けくうでん》（明恵の住寺栂尾《とがのお》高山寺の峰の禅堂）で座禅し、下房に帰ろうとすると月が雲間に現われ明るく雪に輝き、自分のお伴をしてくれたので、谷間に吠える狼の声も怖くなかった。下房に着くと月は隠れた。後夜の鐘の後、再び花宮殿に上ろうとするとまた雲間から月が現われ道を送ってくれ、禅堂に入ると同時に隠れた。人知れず月が自分の伴をしてくれるのだと感じ、掲出歌を含む二首を詠んだという。

明恵は華厳宗の僧侶、後鳥羽院より栂尾高山寺を賜り、ここを道場として激しい修行を積んだ。同時に、和歌の約束事に囚われぬ自由自在な歌を詠んでいる。『明恵上人歌集』は高弟の順性房高信が明恵自撰『遺心和歌集』六十首に百首弱を補足して編んだ歌集である。

掲出歌とともに詠まれた歌は「山ノハニワレモイリナム月モイレヨナヨナゴトニマタ友トセム」というもの。こうした夢見心地ともいうべき月との天衣無縫な一体感は、明恵の仏道修行と深く関わる境地なのだろう。口ずさむと掲出歌にも二首目にも弾むようなリズムがあり、これを詠んだ時の明恵の心境がうかがわれるような気がする。おそらく、至福の境地で二首を詠んだのだろう。

なでしこは秋咲くものを君が家《いへ》の雪の巌《いはほ》に咲けりけるかも

久米広縄　万葉集　巻19・四二三一

なでしこは秋に咲く花なのに、あなたの家の雪の岩には冬でも咲いていることだ、と歌う。奇妙なことを歌っているようだが、実は、このなでしこは雪を岩山に見立てて積み、そこに挿した造花（絵画説あり）なのだ。

天平勝宝三（七五一）年正月三日、越中国介《すけ》内蔵《くらの》縄麻呂の館に、守《かみ》大伴家持、掾《じょう》久米広縄、遊行女婦蒲生娘子《かもうおとめ》が集まって宴を催した。越中国司二等官の館に長官と三等官が招かれ、それに遊芸の素養ある遊行女婦が加わった内輪の宴会である。当時の宴では歌が挨拶の基本、深夜までつづいた宴では、お開き近くまで七首の歌が交わされた。

大伴家持はなでしこを偏愛しており、越中に種を携えたほどだった。それをよく知る宴の主人内蔵縄麻呂は、主賓家持のために宴席から見える庭に雪を積み上げた岩山を作り、なでしこの造花で鮮やかな彩りを添えた。その凝ったもてなしを縄麻呂の下僚、広縄が雪の岩山に実際になでしこが咲いているかのように歌って挨拶とした。現代でいえば、主人の趣向を凝らしたもてなしに対する称賛と感謝の挨拶と考えるのがいい。むろん主賓家持はまず「降る雪を腰になづみて参り来し験《しるし》もあるか年の初めに」（四二三〇）と歌い、掲出歌の伏線ともなる挨拶を述べている。

結句「咲けりけるかも」にはやや違和感がある。しかし自然の花が開花した場合が「咲きにけるかも」、ここは造花で最初から咲いているから「咲けり」となったようだ。こうした語法のニュアンスは、社交の場における微妙な心づかいを伝えるものとして見落とすことはできない。そこに、わざとらしくない客の心を私は読みとる。

起き明かす霜とともにや今朝はみな冬の夜ふかき罪も消《け》ぬらん

大中臣能宣　拾遺和歌集　巻4・二五七

宮中には正月元日の四方拝から始まって、多くの年中行事があり、しばしば歌の題材となった。冬十二月になると「御仏名《おぶつみょう》」と呼ばれる法会が行われる。「屏風のゑに仏名の所」という題詞の記された掲出歌は、この行事を終えた参列者の心境を歌ったものである。

「御仏名」「仏名」とは正式には「仏名会」といい、仏名経という複数の経典の教義に従い、過去・現在・未来三世の諸仏の名を唱えて一年間に犯した罪障を懺悔する法会である。宮中では、亥の刻（午後九時～十一時）に清涼殿に公卿以下の者が参集、導師らが着座して仏名経を読み、参列者は三世の仏の名を唱え、丑の四刻（午前三時前）頃に勤行を終える。これを三夜（九世紀半ば以降は十二月十九日から二十一日に定着）つづけるのである。

掲出歌は、夜どおし仏名を唱えつづけた今朝は、夜中に置いた霜とともに私の罪障も消えてしまっただろうか、というほどの意。題詞にあるとおり、「仏名」は屏風絵にもなっており、これは題詠である。とはいえ、能宣も宮中以外にも国庁、諸寺、私邸における「仏名」に参列していたはずだから、行事を終えた後の心境は知っていたであろう。

「冬の夜ふかき罪」は一年間の無明長夜をさまよう自分の六根（感覚器官や身体）に積もった罪障。それを「仏名」の明けた朝の霜に喩え、明るい陽光に消えていくイメージと重ねている。「照らすなる三世《よ》の仏の朝日には降る雪よりも罪や消ゆらむ」（千載　巻19・一二二一）は雪が融けるイメージと重ねた例。こういう心身の大掃除をして、平安貴族たちは新年を迎えようとした。

見し秋を何に残さむ草の原ひとつに変はる野辺のけしきに

藤原良経　六百番歌合　五〇六

この目で見た今年の秋の美しい景色を何に残したらいいのだろうか、野花が咲き乱れた色鮮やかな草原もやがて枯れ野の一色に染まってしまうというのに、と歌う。萩や女郎花などの季節の花が美しく映える秋の野を惜しむ心が余情となる一首と思えるが、実は仕掛けがある。

掲出歌は「六百番歌合」十三番「枯野」の題で詠まれた左歌。主宰者良経もみずから出詠、「女房」と称した。番いの右歌は「霜枯の野辺のあはれを見ぬ人や秋の色には心とめけむ」（五〇六）という藤原隆信作。左右の各方人《かたうど》の難陳（相手方を難じ、自方を褒める批評）を藤原俊成が申状として受けて吟味、掲出の左歌の勝ちという判を下した。

右方の難陳は「草の原」が「聞きよからず」ということに尽きる。歌ことばとして耳馴れず、墓地を暗示するかのようで不吉で聞き良からず、と評したのだろう。しかし、俊成は掲出歌が『源氏物語』八帖「花宴」における源氏と朧月夜との間で交わされた贈答歌とその物語的展開をインターテクストとしている趣向を見抜いた。

ライバルである東宮の寵妃朧月夜と、出合い頭の事故めいた危険な関係を結んだ源氏。名を尋ねる源氏に「憂き身世にやがて消えなば尋ねても草の原をば訪はじとや思ふ」、契りを結んでも、つらさに耐えられず私はやがて死ぬ、どうせあなたは「草の原」の墓さえ訪ねてもくれまい、と朧月夜は応ずる。良経はこのくだりを一首のインターテクストとしたのだ。新派御子左家歌壇の指導者、俊成は本歌に潜む「花宴」の世界を「殊《こと》に艶なる物」と絶賛、旧派六条家の右方人を「源氏見ざる歌よみは遺恨のことなり」と叱責したのであった。

落ちつもる紅葉を見れば大井川ゐせきに秋もとまるなりけり

藤原公任　後拾遺和歌集　巻6・三七七

題詞に「十月のついたちに、上のをのこども大井川にまかりて、歌よみ侍りけるによめる」とある。暦上では冬の歌。この大井川は山城国を流れる大堰川の別表記、現在は亀岡盆地から嵐山までが保津川、嵐山付近で再び大堰川と呼ばれる。紅葉の名所として知られ、山城の歌枕である。題詞は、殿上人たちが歌枕の地大井川を訪れたことを伝える。

落ち積もるおびただしい紅葉した葉を見ると、この大井川の井堰（＝水を引くために川に作った堰）

に秋もとどまっていることだ、というのである。「秋も」の「も」と並ぶものに関しては、紅葉説（私歌集全釈叢書7『公任集全釈』など）、水説（新日本古典文学大系『後拾遺和歌集』など）があるが、紅葉は秋そのものの風物だから、水とともに秋も井堰にとどまっていると見るのがいい。

「落ちつもる紅葉を見ればひととせの秋のとまりは網代《あじろ》なりけり」（新拾遺　巻6・五九〇）という紀貫之の歌が先行歌として意識されていただろう。この歌では紅葉が秋であり、その秋が網代（竹・木を編んで川に据える漁獲網）に淀む水とともにとどまる、と解せる。

『大鏡』巻二に御堂関白藤原道長が公任を含む公卿・殿上人とともに大井川を遊覧した記事がある。彼らを作文（漢詩文）の舟、管絃の舟、和歌の舟に分乗させたが、公任は和歌の舟を選んだ。彼の「小倉山あらしの風の寒ければ紅葉のにしき着ぬ人ぞなき」という一首に道長は感銘を受け、これほどの漢詩を作れば名を挙げたのに、その才も知らずに舟を選べと指図したのは自分の奢りであったと反省した、とある。「三舟の才」を謳われた公任の輝かしい逸話であろう。

み吉野の山かき曇り雪降ればふもとの里はうちしぐれつつ

俊恵　新古今和歌集　巻6・五八八

平安末期、王朝崩壊の寸前までの二十年余り、京白河のみずからの僧房で、身分流派を問わぬ自由な作歌サロン歌林苑《かりんえん》を主宰していた俊恵法師の一首。歌林苑は、やや遅れて、寂蓮・定家・家隆など御子左家の新風歌人を擁した藤原良経家歌壇の前衛的サロンとは好対照をなす。

掲出歌も、一般に知られる新古今時代の歌として特化できないような平明な趣を帯びたものである。吉野の山が一面にかき曇って雪が降り始めると、山麓の人里にはまた時雨が降ることだ、という。歌の文末に置かれた「つつ」には詠嘆の余韻がこもるが、本来の反復の意も帯びる。それが意識されているはずだから、結句にはいくたびも時雨に濡れそぼつ人里の時間が流れている。

俊恵の時代から見れば、吉野は遥かな大和古京の昔を彩った地。春は桜の名所として甦るが、冬の吉野は寂しいばかりの深山幽谷だったろう。そのひなびた人里にたびたび時雨が降り、背景には雲に覆われ雪の降りしきる吉野連峰が据えられる。窪田空穂『新古今和歌集評釈』の指摘する「沈静味」という鑑賞が納得できる。あるいは「幽玄」という評もさほど的をはずれていないかと思う。

俊恵自身も掲出歌をみずからの「おもて歌」（自讃歌）としていた、と門弟鴨長明が記す（『無明抄』）。俊成が「おもて歌」とする「夕されば野辺の秋風身にしみてうづら鳴くなり深草の里」（千載巻4・二五九）に対し、俊恵は余情とすべき「身にしみて」が歌を浅くしている、と長明に語っている。なるほど掲出歌には、主観の句がない。淡々と二つの景を描いているだけである。

わが里に大雪降れり大原の古りにし里に降らまくは後　天武天皇　万葉集　巻2・一〇三

『万葉集』巻二の相聞の部に配された歌。題詞に「天皇、藤原夫人《ぶにん》に賜ふ御歌一首」とある。歌に詠まれた大原（現在の小原《おおはら》）の地との関連からすると、藤原夫人は藤原鎌足の娘、大原大刀自《おおとじ》とも称された五百重娘《いおえのいらつめ》であろう。天武天皇の十皇子の末弟、新田部皇子の母である。夫人と称されたのは、彼女が皇族出身ではなかったからだ。

わが里に大雪が降ったぞ、おまえのいる大原（父鎌足の出生地ともされ、夫人の実家があったらしい）のような古ぼけた里に降るのは後だろうよ、というほどの意。天皇のいる里とは飛鳥浄御原宮《きよみはらのみや》だろうが、伝飛鳥板葺宮《いたぶきのみや》上層遺構を浄御原宮とする説に従えば、「わが里」と「大原の古りにし里」の直線距離は数百メートル程度、両地の降雪にさほどの時間的ズレがあるとは考えられない。

これに対して、藤原夫人は「わが岡の龗《おかみ》に言ひて降らしめし雪の砕けしそこに散りけむ」（同一〇四）と応ずる。私の岡の龍神に命じて降らせた雪のかけらがそちらに散ったのでしょうよ、という。雪は豊作の吉兆だったから、互いの里のめでたさを競い合う掛合いということになるが、その呼吸は漫才のボケとツッコミを思わせる。

この呼吸こそが古代歌謡以来、男女の歌の掛合いに脈々と息づくものだった。原型は歌垣における男の揶揄まじりの求婚歌とそれをはねつける女の歌との掛合いにある。天皇の歌の真意は、宮中のめでたい雪見の宴に出かけておいで、という誘いと考えられる。それを揶揄仕立ての歌にして夫人に贈った。夫人は歌垣以来の呼吸を踏まえて歌い返したのだ。女の機智の見せ所であったろう。

わたりかね雲も夕べをなほたどる跡なき雪の峰のかけはし　正徹　草根集　五八八五

「暮山雪」という題詞のもと、掲出歌を含む三首が並ぶ。一首目「梢もる入日の影は消えながら夕暮とほき峰の白雪」（五八八四）、三首目「ふりはれて月の光の友待つや夕暮うづむ山の白雪」（五八八八六）が同題一連の歌である。雪山の遠景を題材として、入日の一首目、夕べの二首目、月光の三首目と時系列に沿った展開を見せる。

掲出歌は、高い峰を渡りかね、夕べとなってもなお雲は辿っている、足跡もつけずに雪の峰のきざはしを、というほどの意。雪を被いた高峰、その山腹あたりにほの暗い雲がかかって行きなずむ夕べの情景が浮かぶ。

ここに描かれた雲には、擬人法といった説明では片付かぬ、意志をもつかのような自然の姿が感じられる。夕べの雲は雪の山腹から頂上を越えようとして峰へのかけはし（山腹の斜面）をあたかも人間のように営々と登っているわけなのだ。しかし、当然のことながら、そこには雲の足跡はない。理を超えた、そのあたりのマジックに一首の妙があるのだろう。歌論『正徹物語』において、掲出歌を近来最高の出来と自讃、次のように説く。

雲が足跡をつけながら山腹を辿るといった情景は実際にはあり得ないが、夕べの峰を渡りかねているのではないかという思いで見ると、そう見えてくる。また、「雪の跡」では人の足跡のようで実際にあり得るが、「跡なき雪」とすれば人の足跡のようにも、非現実的な雪の足跡のようにも解せる。そのとらえ所のない縹渺とした表現から歌の美が生まれるのだ、という。正徹の「無心なるものに心をつくる歌」の制作過程を説く一節として興味深い。

霜ふかき籬の荻の枯れ葉にも秋のままなる風の音かな

足利尊氏　新拾遺和歌集　巻6・六〇〇

題詞に「百首歌たてまつりし時、寒草」とある。この百首歌は延文元（一三五六）年、『新千載和歌集』の資料として後光厳院が企画主宰した三千首を超える大規模な「延文百首」をいう。当代歌人を代表する二条良基、為定らとともに初代足利将軍尊氏も詠進したのであった。もっとも、この勅撰第十八代和歌集『新千載和歌集』は尊氏の後盾によって成立した歌集なのである。

掲出歌は『新千載和歌集』の撰には漏れ、尊氏没後の『新拾遺和歌集』に採られた。霜の深く置いた垣根の荻の枯葉にも、風だけはいまだに秋の時分と変わらぬままの音を立てて吹いていることだ、というのである。「寒草」という題に秋の典型的風物、荻を選んで詠んでいるが、このあたりに尊氏の歌人としてのセンスがまぎれもない。

荻は『万葉集』では葦と混同されているか、またはほぼ類似の群生植物と見なされたようだが、王朝時代に入ると、荻の葉に吹く風の音は秋の訪れや深まりを告げる風物として多くの和歌に詠まれる。「いとどしく物思ふやどの荻の葉に秋と告げつる風のわびしさ」（後撰　巻5・二二〇）、「荻風もやや吹きまさる声すなりあはれ秋こそ深くなるらし」（後拾遺　巻4・三二三）などの歌が見られる。

尊氏の一首は、荻をそよがせる風音が「秋のままなる」と歌う。荻風がおのずから喚起する秋の情感を、霜の置いた冬ざれの庭に感じているわけだ。枯れた荻の葉はいわばあるかなきかの秋の名残であり、その繊細な名残をもの哀しい冬の情感として歌おうとしたのである。この着想や繊細な感受性に武人尊氏の一面が見えてくる。

かささぎの渡すやいづこ夕霜の雲井にしろき峰のかけ橋

藤原家隆　新勅撰和歌集　巻5・三七五

鵲《かささぎ》の渡すといわれている橋はどこにあるのか、遥かかなたの雲のいるあたりに夕べの白い霜の置いた懸け橋が見えてはいるが、というほどの意。「かけ橋」は山の難所に懸かる橋のことだが、上句の表現からすると高い峰に懸かる吊り橋のようなものがイメージされる。

題詞に「建保五年内裏歌合、冬山霜」とある。この歌合は建保五（一二一七）年十一月、順徳天皇が主宰、天皇以下、藤原定家、家隆、飛鳥井雅経ら十六名が参加した。冬にちなむ七つの題のひとつで、「かささぎの渡せる橋に置く霜の白きを見れば夜ぞふけにける」（新古今　巻6・六二〇）という大伴家持の歌を本歌としている。『万葉集』には当該歌はなく、正しくは伝家持歌である。

「かささぎの渡せる橋」という表現には大陸の七夕詩の影響がある。鵲が連なって天の川に懸けた橋を織女の牛車が牽牛のもとへ渡るという趣向だ。家隆の一首はこの幻想的な美しい趣向を踏まえるが、王朝和歌では宮中などの高貴な場所に懸かる橋や階段の暗喩としていた。『大和物語』一二五段の「かささぎの渡せる橋の霜の上を夜半に踏みわけことさらにこそ」という一首では、冬の夜における左大臣藤原時平邸の寝殿の階段が暗喩される。

天空に懸かる鵲の橋という発想は、久保田淳の指摘するように（『新古今和歌集全注釈』）、中世和歌の好みだったようだ。番いの歌は「しきしまやみむろの山の岩小菅それとも見えず霜さゆるころ」という順徳天皇の万葉風の御製。判詞を書いたのは定家だが、判定は持とした。とはいえ、掲出歌はやはり現実を超えようとする新古今美学の志向を感じさせる一首だろう。

ただひとへ上は凍れる川の面に濡れぬ木の葉ぞ風にながるる

九条左大臣女　玉葉和歌集　巻6・九四〇

掲出歌の直前九三九番歌の題詞に「三十首歌たてまつりし時、河氷」とあり、掲出歌も同じ場、同じ題で詠まれた。「三十首歌」とは嘉元元（一三〇三）年、伏見院が四十名ほどの歌人から召した定数歌である。

ただ一枚だけ薄氷の張った川の表を、濡れることのない木の葉が風に吹かれて流れるように滑っていく、と歌う。厳冬期に入るころの渓流がイメージされ、寒気の深まりとともに幾重にも凍りついて、やがて渓流そのものが雪に埋もれてしまうわけである。微妙な時期の川の渓流を題材としており、それにふさわしい繊細な感覚的描写が一首のあざやかな個性となっているように思う。

薄氷が張って流れぬ川―川の氷上を流れる木の葉、薄氷の下に聞こえる水流の音―氷上を滑べる木の葉の無音。こうした肌理細かい感覚的コントラストが一首の描く小景にリアルな奥行きを与えている。「冬川の上は凍れる我なれや下に流れて恋ひわたるらむ」（古今　巻12・五九一）、「時雨には濡れぬ木の葉もなかりけり山はみかさの名のみふりつつ」（新勅撰　巻6・三八四）といった先行歌の表現や発想を下敷きにしているはずだが、まったく別個の清新な叙景歌となった。京極派の歌風ともいえよう。

作者の九条左大臣女は、左大臣九条道良と藤原為家の娘為子との間に生まれた。母為子は祖父定家に愛され、定家自筆本の『古今和歌集』『伊勢物語』などを授けられた。その娘も両親を早くに亡くしたため、祖父為家に愛され、和歌的素養を伝授されている。掲出歌にも明らかなように、歌の家の蓄積が生み出した才媛だったようだ。

閉ぢやらぬ氷の下に波さえて谷の小川ぞ冬ごもりゆく　土御門院　土御門院御集　一二三二

土御門院の自作を集めた「詠五十首和歌」を初出とする。「詠五十首和歌」には二種類があり、掲出歌の出典は貞応二（一二二三）年二月十日と書き入れのある後期の歌群である。前期の五十首とも漢詩の一節を題とする句題和歌集の体裁を取っている。

句題は「衆籟暁興林頂老　群源暮叩谷心寒」という漢詩の一節の後半部分。大江以言《もちとき》の作品だが、五十首の句題はすべて『和漢朗詠集』からの引用である。白楽天からの句題和歌（一二一四）を除くと、いずれも日本漢詩が題となっており、すべて大陸詩から詠んだ前期五十首とは対照的である。土御門院の特別な意図があったのだろう。

句題後半部分は「群源暮れに叩いて谷の心寒し」と訓読されるが、渓流から集まる水流が叩きつけるように響き、日暮れの谷は寂しいというほどの意。これを題に採って掲出歌は、水面が凍りつかず、いまだ閉じきらない渓流は冷たく冴えた音を立てて流れているが、やがて水面も氷に閉ざされ厳寒の冬になっていく、と歌う。句題は冬の始まり、掲出歌の上句はその深まり、下句は厳冬期という風に時間的な展開を細かく意識しているものと考えられる。また、視覚、聴覚にわたる上句の描写は、句題のやや茫漠たるイメージを鮮明な小景に絞りこんだ観がある。

土御門院は後鳥羽院の第一皇子。源平の争乱が収まりきらぬ時代を生きたが、父とは異なり政治的な覇権争いには興味がなかったようだ。二つの「詠五十首和歌」も、みずからの意思で赴いた遷御先の土佐で編集したらしい。その後、さらに阿波に移り、短い一生を終える。

あさぼらけ有明の月と見るまでに吉野の里に降れる白雪

坂上是則　古今和歌集　巻6・三三二

藤原俊成撰『三十六人撰』、後鳥羽院撰『時代不同歌合』などに秀歌として引かれ、『小倉百人一首』『近代秀歌』『詠歌大概』『八代集秀逸』など、定家撰のアンソロジーや歌書にも引かれ続けた一首。王朝期の歌だが、後鳥羽院から定家までの見幅で広く中世歌人に評価された。

題詞に「大和国にまかれりける時に、雪の降りけるを見てよめる」とある。『古今和歌集目録』によれば、延喜八（九〇六）年八月、大和権少掾《ごんのしょうじょう》（国司第三等官下位職で定員外の者）に任官しており、その際の詠かも知れない。ほのかに冬の夜が明けかかってきたころ、有明の月の光が地上にあまねく降りそそいでいるのかと見まがうばかりに、吉野の里に降っている白雪よ、というほどの意。有明の月は陰暦二十日以降の深夜に上り、朝まで残る。

こうした見立ての歌は、紀貫之の歌をはじめ『古今和歌集』にはしばしば登場する。桜花や梅花を雪に見立て、その逆の見立てもある。萩の露を雁の涙に、菊を天の星や白波に、紅葉を錦に、といった見立ては、近代的リアリズムからいえば陳腐にも思えるが、イメージの重層や類似性による新たな美の発見という点では画期的な方法であった。その発端にはむろん漢詩の影響がある。

この一首に先行する漢詩として、李白の五言絶句「静夜思」の「牀前《しやうぜん》月光を看《み》る　疑ふらくは是れ地上の霜かと」が挙げられる。一瞬の錯覚として月光と霜を見まがう。是則の歌にもそんな自然な感覚がある。「いつはりながら、まことにさ覚ゆることなれば、苦しからず」(『夜の鶴』)という阿仏尼の批評が当たっているだろう。

賀

新《あらた》しき年の初めの初春《はつはる》の今日降る雪のいやしけ吉事《よごと》

大伴家持　万葉集　巻20・四五一六

祝賀を主題とした「賀」の部立は『万葉集』にはない。本格的に部立が設けられるのは『古今和歌集』以降、勅撰和歌集時代である。しかし、『万葉集』巻末を飾る掲出歌は、明らかに祝意のこめられた古代賀歌といえる。

「題詞」には「三年春正月一日に、因幡国庁にして饗《あへ》を国郡の司等に賜ふ宴の歌一首」とある。天平宝字三（七五九）年正月一日、因幡国守大伴家持の作。この歌をもって『万葉集』二十巻は閉じられる。前年六月に家持は因幡国守に任じられており（『続日本紀』）、これは国守として最初の正月朝拝の儀を終えた後の一首と考えられる。

新しい年の初めの今日を降る雪のように、いよいよ積もれよ、嘉《よ》き事は、というほどの意。雪は豊作の吉兆でもあったから、折からの雪を序詞に詠みこんだのだろう。「儀制令」（『養老令』）によれば、元日、国守は郡司まで含めた属僚を率いて国庁で朝拝、その後の賀宴開催を許すとある。この宴席で家持は一首を朗々と詠み上げたのであろう。「いやしけ吉事」は因幡国繁栄の予祝だが、これを巻末に置いた家持の意図はもう少し壮大なものだったはずだ。

契沖によれば、一首は『万葉集』巻頭の雄略天皇御製とそれに続く舒明天皇御製の治世安泰を予祝する歌と呼応し、この歌集が「よををさめ民をみちひく、たすけとなれ」という意図があるという（『万葉代匠記』初稿本）。家持は藤原仲麻呂による熾烈な大伴氏攻撃の嵐を耐えぬいたが、因幡国守赴任は明らかに左遷だった。だが、天皇家古来の伴造《とものみやつこ》として政事《まつりごと》を支える大伴の誇りは失わなかった。この格調高い賀歌にもその矜持がうかがわれよう。

わが君は千代に八千代に細《さざ》れ石のいはほとなりて苔のむすまで

読人しらず　古今和歌集　巻7・三四三

『古今和歌集』巻七の巻頭歌、すなわち「賀歌」の部の冒頭を飾る一首である。四十歳を皮切りに十年ごとに行われる長寿の祝い、算賀の歌として詠まれた歌と考えられるが、「わが君」が誰かはわからない。「君」の指す範囲は天皇や皇族から単なる年長者まで幅広い。

わが君は千代、八千代というお歳まで長生きしていただきたい、小石が長い歳月とともに巨岩になる時まで、というほどの意。いよいよ長寿であれという予祝なのである。ただ、小石が岩に成長するという下三句には奇妙な感があろう。唐代の怪異説話集『酉陽雑俎《ゆうようざっそ》』に、和州臨江寺の拳ほどの石が月日が経つにつれて巨大化したという奇譚が記され、契沖『古今余材抄』がこれを引く。大陸の新知識を盛りこんだ、当時としては洒落た賀歌だったようだ。

やがて、後の日本国歌となる初句「君が代」版が出現してくる。平安末から中世初期の慈円『拾玉集』に「君が代」版は登場し（三五四二番歌題詞）、中世以降はこれが広まる。隆達小唄、田楽、猿楽、謡曲、浄瑠璃、長唄、薩摩琵琶など多彩なジャンルで歌われることになった。窪田空穂『古今和歌集評釈』は、初句から「よ」が三回繰り返され、「謡い物」風になった点を指摘するが、確かに「君が代」版は歌謡的韻律を強めることで、伝誦歌謡としての利点を備えたといえる。

海辺の死者を悼む「妹《いも》が名は千代に流れむ姫島の小松が末《うれ》に苔むすまでに」（巻2・二二八）という万葉挽歌からの影響も指摘される。そうだとすれば、挽歌から賀歌へと転じていく大胆な機智も掲出歌には感じられる。本来、しかるべき歌人の作だったのかも知れない。

さくら花散りかひ曇れ老いらくの来むといふなる道まがふがに

在原業平　古今和歌集　巻7・三四九

題詞に「堀川大臣の四十《よそぢ》の賀、九条の家にてしける時によめる」とあるように、算賀の歌である。堀川大臣とは、最初の関白となった藤原基経。清和、光孝天皇に妹たちを入内させ、九世紀末の朝廷に絶大な権力を築いた。醍醐天皇に入内した娘隠子《おんし》は後の朱雀、村上天皇を生む。邸宅のあった五条堀川にちなみ堀川大臣と称されたが、九条にも別邸を所有していたらしい。貞観十七（八七五）年、四十歳当時の基経は従二位右大臣、人臣の頂点を極める直前であった。

この算賀の宴に業平も列席していた。桜花よ、散り乱れてあたりをかき曇らせよ、老いがやって来るというその道で、老いが道に迷うほどまでに、というのだ。「老いらく」は「老ゆらく」の転訛。動詞終止形に接尾語「らく」が付いて体言化する用法。ここでは老が擬人化されていることに注目したい。「老いらく」は不吉な死神のように訪れ、人に無惨な老をもたらすという認識が見え隠れする。

一首の描きだす情景は必ずしも賀宴にふさわしいものとは思えない。絢爛たる桜吹雪にかき消された山道に迷い、不吉な影を負った「老いらく」がさまよっているのだ。この幻想的な情景を踏まえ、大岡信は「老年と死への、恐怖と恍惚のないまぜになった幻視が、この歌に結晶していると思わせる複雑な味わいがある」（『古今集の新しさ』）と読む。

大岡の読みは、時の権力者の賀宴にふさわしからぬ薄気味の悪い何かを言い当てているかと思う。賀宴はちょうど桜花の満開の時期に開かれたのだろう。業平の冷徹な眼はまぶしく咲き盛る桜花の向こうに、誰しも避けようのない生の無惨を見すえているかのようである。

めづらしき光さしそふさかづきはもちながらこそ千代もめぐらめ

紫式部　後拾遺和歌集　巻7・四三三

題詞に「後一条院生まれさせ給ひて、七夜に人々まゐりあひて、さかづきいだせと侍りければ」とある。後一条院は一条天皇と中宮彰子との間に生まれた敦成《あつひら》親王。彰子の父、時の左大臣藤原道長が待望していた親王である。敦成親王の誕生によって、道長には天皇の外祖父として実権を伴う摂政・関白への道が開けたのだった。

子の誕生後に行う祝賀を産養《うぶやしない》といい、三日・五日・七日・九日の夜に行われる。題詞は七夜の産養とするが、『紫式部日記』『紫式部集』では五夜となっている。彰子は父道長の土御門邸で親王を出産、ここで盛大な産養の賀が幾度か開かれた。その際の華やかな宴は『紫式部日記』や『栄花物語』の当該記事に詳しい。

めったに見られぬ美しい満月の光の射し添う祝いの盃が一座の者の手を次々とめぐるように、若宮の栄光は満月のように欠けることなく千代に続くでしょう、と式部は歌う。「さかづき」と「月」、「持ち」と「望＝満月」などの掛詞をほどこした、いかにも紫式部らしい隙のない晴れの歌である。『袋草紙』によれば、賀歌には一座をめぐる盃を受けた者が自作を詠みあげ、次の者を指名して盃を廻し、その者が同じく自作を披露するという作法がある。

式部は産養の宴に備えて、女房仲間とあらかじめ掲出歌を作った。座を仕切るのは当代歌人の第一人者、藤原公任だったから、なおさら推敲を重ねたようだ。詠みあげる際の声づかいまで配慮したが、実際には詠まれなかったようだ（『紫式部日記』）。家集の「盃の折にさしいづ」という事実に反する題詞からは彼女のかすかな無念がうかがえないか。

高き屋にのぼりて見れば煙立つ民の竈《かまど》はにぎはひにけり

仁徳天皇　新古今和歌集　巻7・七〇七

『新古今和歌集』の「賀」の部の冒頭を飾る一首。高殿に登って見ると、炊ぎの煙が国のそこかしこに盛んに立ち上っている、民の竈は豊かになったことだ、と歌う。「みつぎもの許されて国富めるを御覧じて」と題詞にあるとおり、課役を免除され、米を豊かに炊げるようになった国民（農民）をことほぐ賀歌ということになる。なお、「のぼりて見れば」という表現は、記紀万葉における天皇国見歌特有の表現である。

仁徳天皇を聖帝と称える伝説は『古事記』『日本書紀』に記されている。仁徳天皇が高い山に登って国の四方を見ると炊煙が立っていなかった。民の貧窮を知り、三年間、課役を廃止する。宮殿の雨漏りも修理しないほど節倹に努めた後、再び国を見ると炊煙に満ちていた。爾来、民は豊かになり課役に苦しむことはなかった。「故《かれ》、其の御世を称へて、聖帝《ひじりのみかど》の世と謂ふなり」と『古事記』は記す。『日本書紀』は、天皇自身に「古《いにしへ》の聖王《ひじりのきみ》は、一人《ひとりのひと》も飢ゑ寒《こ》ゆる時には、顧みて身を責む。今百姓《おほみたから》貧しきは、朕が貧しきなり」云々と語らせるなど、儒教的な仁愛にあふれた理想の天皇像を濃厚に描き足す。『日本書紀』は平安期の公卿たちが必読書として講読したから、仁徳聖帝伝説は広く知られていたはずである。

十世紀初頭、左大臣藤原時平が書紀講読を終えた宴で、この説話に取材した「高殿にのぼりて見れば天《あめ》の下よもに煙《けぶ》りて今ぞと見ぬる」（『日本紀竟宴和歌』上巻　四〇）という歌を詠んでいる。掲出歌と同様に「のぼりて見れば」という古代国見歌の表現を踏襲した歌であるが、仁徳聖帝説話は由緒ある古歌の表現様式とともに伝えられたわけだ。後鳥羽院が、みずから下命した『新古今和歌集』の「賀」の部の冒頭に掲出歌を置かせた理由は、こうした事情から察せられる。

相聞・恋

忍ぶれど色に出でにけりわが恋は物や思ふと人の問ふまで

平兼盛　拾遺和歌集　巻11・六二二

『小倉百人一首』でおなじみの歌。『百人一首』のかるた取りが正月の一般的な家庭の遊びだった時分の日本人にとって、この一首は親しみ深いものだろう。私も意味もわからぬままに、「忍ぶれど……」を諳んじていた。堪えしのんで隠しとおしてきたつもりなのに顔色に出てしまったよ、私の恋は、惚れた女のことでも思っているのかね、と人が尋ねるほどまでに、というほどの意。

一首中に倒置が複雑に用いられ、かなり屈折した調べを奏でている。この屈折した韻律は一首の歌う、とまどいや恥じらいと見事に呼応している。人といても気もそぞろ、浮かぬ顔で上の空の応答をしていた折しも、「物や思ふ」とだしぬけに問われ、狼狽する場面が生き生きと浮かぶ。今なお鮮やかなリアリティーを失っていない。

題詞に「天暦の御時の歌合」とあるが、実際は天徳四（九六〇）年三月、村上天皇の清涼殿で開催された「天徳内裏歌合」の提出歌。「霞」から始まる十二題の最後「恋」の題詠で、この一首が右方、左方は壬生忠見の、これも『小倉百人一首』で有名な「恋すてふわが名は」の歌である。恋の題は時代とともに複雑化していき、建久四（一一九三）年の六百番歌合では「初恋」や「怨恋」から「寄商人《あきびとに》恋《よするこひ》」までの五十に細分化されている。掲出歌は「忍恋」と「初恋」の趣を湛える。

ところで、「天徳内裏歌合」の掉尾を飾った兼盛と忠見の歌は勝敗がつきがたく、判者が藤原実頼から源高明に代わった。その高明も途方に暮れたが、村上天皇の気配を察した上で、ようやく兼盛の歌に勝ちが決まったと『袋草子』は伝える。

恋すてふわが名はまだき立ちにけり人知れずこそ思ひそめしか

壬生忠見　拾遺和歌集　巻11・六二一

「天徳内裏歌合」で平兼盛の「忍ぶれど」の歌としのぎを削った一首である。両歌ともに『拾遺和歌集』に入集したわけだから、歌合の大接戦は、当時の評価としては優劣つけがたい秀歌の対決だったということになる。

（特定の誰かを）恋しているという噂が早くも立ってしまった、人知れず、あの人のことを思い始めたのに、と歌う。これも上句と下句が倒置、この倒置がモノローグの感じを巧みに演出している。なんだ、逢ってもいないのに、もう人の噂になっているのか、という率直な驚きのような独白から、いきなり一首は始まるわけだ。場面の浮かぶ兼盛歌に対し、掲出歌はあくまで独りの呟きだが、これも「忍恋」「初恋」のリアルな味を湛えている。

前項で紹介した「天徳内裏歌合」における両歌の接戦の顚末は藤原清輔の『袋草子』に詳しいが、これより百年後の僧無住の『沙石集』には、この後日譚として忠見が悲惨な最期をとげた話が語られる（巻五）。「名歌」を自負しつつ臨んだ歌合で兼盛に敗れたことで胸が塞がり、「不食《ふじき》の病」にかかってしまう。案じて見舞った兼盛に経緯を語り、その後、死んでしまったというのである。

「執心こそよしなけれど、道をする習ひ、げにも覚えて、哀れなり」と無住は感想を記すが、実際にこういう悲劇があったかどうか怪しい。ただ当時の歌人における歌合の意味の重さは十分にうかがえる。まして「天徳内裏歌合」は天皇主催。『袋草子』には、この歌合における装束まで仔細に記されているが、まさに晴れの場だった。晴れの場で恋という極私的世界の優劣を競ったのである。

君や来しわれや行きけむ思ほえず夢かうつつか寝てか覚めてか

読人しらず　古今和歌集　巻13・六四五

題詞に「業平朝臣の伊勢国にまかりたりけるとき、斎宮なりける人にいとみそかに逢ひて、またの朝に、人やるすべなくて思ひをりけるあひだに、女のもとよりおこせたりける」とある。この題詞にディテールの肉付けをすれば、『伊勢物語』六九段「狩の使」の物語になる。

あなたが来たのだろうか、それとも私が行ったのか、はっきりと私にはわからない、昨夜のことは夢だったのか、それとも現実だったのか、寝ている間のことだったのか、それとも覚めている間のことだったのか、というのだ。恋に落ちた初心な女がものに憑かれたように男のもとに行ったが、翌朝、我に返って狼狽する趣を感ずる。

もちろん、うつつであり夢ではなかったことは女も知っているはずだが、題詞あるいは『伊勢物語』の文脈で読むと、発覚すればこの逢瀬は国家的禁忌に触れる由々しい事件であった。「常処女《とこをとめ》」として身を潔斎するべき伊勢の斎宮が男と二人きりで夜を過ごしたのだ。しかも『伊勢物語』では、斎宮自身が「昔男」の寝所を訪れたわけなのだから。斎宮は絶体絶命の状況ということになる。

「かきくらす心の闇にまどひにき夢うつつとは世人《よひと》定めよ」（古今　六四六）というのが業平の返し。分別を失って私の心も闇に迷ってしまった、あれが夢かうつつかは世間の人が決めればよい、と歌う。ところが、『伊勢物語』では結句は「今宵定めよ」である。前者は腹のすわった潔さ、後者は色好みのしたたかな流儀を感じさせる。本来は、初めての逢瀬に不安でうろたえる女と世慣れた男との後朝《きぬぎぬ》の贈答だったのではないだろうか。

よしさらばつらさはわれに習ひけり頼めて来ぬは誰か教へし

清少納言　詞花和歌集　巻9・三一六

『枕草子』二六段「心ときめきする物」の末尾に「待人などのある夜。雨の音、風の吹きゆるがすも、ふとおどろかる」とある。恋人がいつ来るか、と待つ夜は心がときめく、降り出した雨の音、強く吹く風の音にも、あの人かと思い、はっとさせられるというのだ。

この歌は「心ときめき」しつつ待ちつづけた男が現われなかった後の歌。題詞に「頼みたる夜みえざりけるをとこの、後にまうできたりけるに、出で逢はざりければ、いひわびて、つらきことを知らせつるなどいはせたりければよめる」とある。当時の誇り高い女ならば、いかにもこういう反応をすると思わせるが、男の「つらきこと」という伝言に対する返歌に清少納言らしい機智がうかがえる。

あなたの言い分はよくわかりました、確かに、つらいことを今日の私の仕打ちから習ったわけですね、でも、人に気をもたせておいて来ないという不実は、いったい誰があなたに教えたのですか、というのである。「習ふ」と「教ふ」の対語を知的に構成しながら、男の不実をなじり、「誰か」というあたりに、男の浮気を匂わせる仕掛けである。

掲出歌は本気で怒っているというより、感情を知的なことばにまぶしながらの一種のしっぺ返しと考えるのがいい。「つらさをば君に習ひて知りぬるをうれしきことは誰に問はまし」（詞花　巻7・二二二）といった類想歌があるが、行き違いがあった場合でも、男女の歌には共同的な発想や方法があったのだ。『白氏文集』の詩の一節をめぐり、頭中将藤原斉信をへこませた彼女の巧妙かつ臨機応変な応酬を思えば、この歌などは、むしろしおらしく見える。

赤見山《あかみやま》草根刈り除《そ》け合はすがへ争ふ妹《いも》しあやにかなしも

東歌　万葉集　巻14・三四七九

繊細な陰影を帯びた王朝恋歌と比べてみると、東歌の相聞からは、のびやかな男女の肉声が聞こえてくるかのようだ。これは未勘国（名がまだ判明しない国）の相聞であるが、「赤見山」は現在の栃木県佐野市赤見町の丘陵という説が有力。本来は「下野国東歌」であったろう。

難解句「合はすがへ」は、従来は「逢はすが上＝逢った上で」と解されてきた。とすると、俺と逢ってくれたのに、逢瀬の覚えはない、と人と言い争っているあの娘が実に可愛い、という意味になる。しかし、下二段動詞の終止形「合はす」に、東国語の反語助詞「がへ＝〜するものか」がついたとする小学館古典全集本頭注説に私は生き生きとした説得力を感ずる。「合はす」は「陽神《をかみ》の曰く、吾が身に亦雄《を》の元《はじめ》といふ処有り。吾が身の元の処を以て、汝《いまし》が身の元の処に合はせむと思欲《お》ふ」(『日本書紀』神代紀)の傍線部と同じ意味だ。

赤見山の草を刈りはらい(柔らかい刈り草まで褥に敷いて)、俺とこうして逢っているのに、「やっぱりいや、させない」といって抵抗する娘がなんとも可愛い、ということではなかったか。逢瀬の場所にはやって来たものの、いざとなると怯えて抵抗する娘の初々しさに、古代下野の青年は新鮮ないとおしさを覚えているわけなのだ。

恋の喜びは心のみならず肉体の喜びでもあるはずだが、『万葉集』でも奈良朝の洗練された都市文化が歌におよんでくると、相聞はもっぱら恋のメンタリティーを題材とするようになる。逢えない、逢いたいという精神の「乞ひ」が多彩な発想と表現で歌われるのである。しかし、東歌だけは人間の朗らかな肉体性を失わなかった。

筑波嶺《つくはね》に逢はむといひし子は誰《た》が言《こと》聞けばかみ寝《ね》逢はずけむ

常陸風土記歌謡二

筑波山の男女の「会《つどひ》」で歌われたものと『常陸風土記』筑波郡筑波山の条に記される。同書香島郡の条に、この種の集会を土地の者は「うたがき」「かがひ」といったとある。漢字にあてれば、「歌垣」「嬥歌」ということになる。歌垣は山や丘の上、海辺、河原などで行われた若い男女の集団見合い、集団婚を目的とする年中行事だが、多くの伝誦歌や即興歌が男女の掛合いによって歌われた。

筑波山の歌垣は高橋虫麻呂の長歌（万葉　巻9・一七五九）には「人妻に　吾《わ》も交《まじ》はらむ　わが妻に　他《ひと》も言問《ことと》へ」などと乱婚風に歌われるが、本来、山に入る若い男女には恋を成就させたい意中の人があったはずだ。掲出歌は歌垣で逢う約束をした娘にふられた青年の嘆き節である。意中の娘は肝心の晴れの日に別の男に奪われてしまったようだ。いったいどんな奴の口説きを受け入れて、この山の集いで俺を袖にしたんだろう、畜生、と歌う。「み寝」（共寝）は「嶺」に掛けているようだ。

この次に配された「筑波嶺に廬《いほ》りて妻なしに我が寝む夜《よ》ろは早やも明けぬかも」（同三）というボヤキ歌とともに、歌垣の場で歌われた男歌であろう。土橋寛によれば、自分の間抜けさ加減を笑いに供すると同時に、かかる間抜けな仕業をせぬようにという「恋の教訓」を含むという（『古代歌謡と儀礼の研究』）。女の口約束を真に受けて浮かれていると痛い目に合うことがあるぞ、というところか。

歌垣当日に意気投合する場合もあったろうが、やはり多くは意中の相手を目当てに山に入ったと思う。性的な戒律のきびしい古代の村で、歌垣は男女交歓の許される貴重な場であり、成婚の場でもあったのだ。

さまかへて世をこころみむあすか川こひぢにえつるふな人ぞこれ

大江匡衡　赤染衛門集六九

大江匡衡《まさひら》が赤染衛門にしきりに求愛している時期の歌である。『赤染衛門集』の題詞には「おもひかけたる人の、ふなをおこせて」とある。彼女に懸想をした人、すなわち大江匡衡が当時は珍重された鮒を贈り、掲出の恋歌を付けてきたわけである。これの少異歌が『匡衡集』にも「ふなをやるとて」という簡単な題詞とともに収録されている。

鮒に姿を変えて、あなたとの仲に賭けてみたい、飛鳥川の泥沼にのめりこんでしまったような恋路を誤ることなく進むための船頭がこの鮒なんだよ、というのである。「こひぢ」は「濃泥」のことで、難渋する「恋路」の掛詞として用いられた。「先に立つ涙とならば人しれずこひぢにまどふ道しるべせよ」（千載　巻11・六七八）といった歌にもあるとおり、「濃泥」も「恋路」もともに行きまどうものなのである。

要するに、匡衡は鮒に変身して、先が見えずに行きまどう恋路の水先案内人になれたらいい、と恋する女にやや剽軽に訴えているわけなのだ。これに対して、赤染衛門は「あすか川ふちこそせにはなるときけこひさへふなになりにけるかな」（同九十）と返す。飛鳥川はすぐ淵が瀬になるくらい変わりやすいと聞くけれど、あなたの場合は鯉が鮒に変わったわけね、きっと私への恋の思いもすぐ変わるのでしょう、と機智的な揶揄をまじえて男の直情をはぐらかしたわけだ。

男の歌のことば尻をとらえて機智的に撥ねつけるのは「おんな歌」の正統的な流儀だから、はぐらかされた匡衡も確かな手ごたえを感じたはずである。この二人はよほど気が合ったらしく、匡衡が死ぬまで連れ添った。絶妙な呼吸の楽しい贈答歌がいくつも残されている。

春の夜の夢ばかりなる手枕にかひなく立たむ名こそ惜しけれ

周防内侍　千載和歌集　巻16・九六四

この歌には面白い題詞がついている。「二月ばかり、月あかき夜、二条院にて人々あまた居あかして物語などし侍りけるに、内侍周防《ないしすはう》寄り臥して、枕もがな、としのびやかにいふを聞きて、大納言忠家、これを枕に、とて腕《かひな》を御簾《みす》の下よりさし入れて侍りければよみ侍りける」というもの。

二条院は後冷泉天皇の中宮章子《しょうし》のことだが、王朝後宮サロンの雰囲気が生き生きとうかがえる場面。開け放つサロンには春夜の月かげがさしこみ、中宮周辺の女房たちと、出入りを許された大納言忠家のような殿上人が深夜にいたるまで物語などを楽しげに語りあっている。華やかで、しかしものうい春夜の時間が流れ、眠たげな内侍の「枕もがな」という呟きに耳ざとく反応し、手枕をさしだす男がいた。

その時の内侍のとっさの詠出が掲出歌である。春の夜の夢ほどに、はかない戯れのあなたの手枕をうっかり借りてしまったら、甲斐もない恋の噂が立つことでしょう、それが私には残念でして、というほどの意。「手枕」の縁語「かひな」を「かひなく」に重ねながら、藤原忠家の戯れの誘いをやんわりとはねつけた即興詠である。「春の夜」「夢」「手枕」と甘やかな恋の歌ことばをならべ、深夜まで華やぎのやまない後宮サロンの一場面にふさわしい趣向をこらしている。

忠家は「契りありて春の夜ふかき手枕をいかがかひなき夢になすべき」（同九六五）と返すが、聴き手の多い場を思うと愚直でおもしろみに欠ける。女の拒絶をかいくぐり、ねじふせるような直情や皮肉の瞬発力がない。ちなみに忠家は定家の曾祖父。周防内侍の機智と風雅は忠家の曾孫の好尚にかない、『小倉百人一首』でも広く知られるようになる。

黒髪の乱れも知らずうち臥せばまづ掻きやりし人ぞ恋しき

和泉式部　後拾遺和歌集　巻13・七五五

和泉式部の優れた恋歌のなんともいえぬ良さは、ことばや修辞の力を超えたところにある。題詠であれ、実情的な贈答であれ、恋の「おんな歌」は率直な思いを朧化させて歌うという頑固ともいえる古代以来の流儀を容易にくずさない。和泉式部の歌はこのあたりを逸脱したところがあって、名状しがたい魅力になっているかと思う。

掲出歌は彼女の代表的な恋歌。「百首歌」でもあるから、題詠的な発想に立つのだろうが、一首の帯びる情感は熱っぽくなまなましい。黒髪の乱れにも気づかず臥していると、初めて共寝をした後、まずは優しく髪を掻きあげてくれた、あの人が恋しい、というのである。上句に現在の場面が描かれ、下句に哀切な回想が熱いため息のように添えられる。

これを回想ではなく、自分を激しく愛撫して今さっき帰って行ったばかりの男への慕情とする寺田透説（日本詩人選8『和泉式部』）も捨てがたいが、寺田のこだわる強い語感を帯びた「掻きやる」は、長い髪に隠れた女の顔を見るための当時の男の行為として、さほど激しいものとも思えない。髪を乱しながら独り臥していて、ふと我に返った彼女の胸裏をよぎった回想とする通説のほうがいい。うち臥す彼女の髪を掻きやって、顔を見つめてくれた人がふと思い出されたのだ。

寵愛された帥宮敦道親王《そちのみやあつみち》の死に際して多くの挽歌を和泉式部は残しているが、その中に「かしらをいとひさしうけづらで、髪の乱れたるにも」と題された一首「ものをのみ乱れてぞおもふ誰にかは今は嘆かむむばたまのすぢ」(和泉式部後集七二)がある。もちろん掲出歌の発想には、こうした実体験が幾重にも重なっているのであろう。

もしきのあまたの袖は見えしかどわきて思ひの色ぞ恋しき

平貞文 続後撰和歌集 巻11・七〇五

色好みと歌才において、在五こと在原業平と並び称された平中、平貞文《さだふん》(定文とも書く)の恋歌である。この歌は十三世紀半ばに成立した『続後撰和歌集』に撰進されてはいるが、平中は紀貫之と同時代、十世紀前後の人物。虚実を織りまぜた彼の色好みの生活は『平中物語』に詳しい。

『続後撰和歌集』題詞には「七条后宮の武蔵につかはしける」としかないが、『平中物語』三八段では掲出歌(二、三句に小異)の前後の経緯が語られる。平中は京の市で牛車の簾の隙間から美女を見かける。彼女は皇后の宮の女官。早速、平中は掲出歌を贈る。女官たちの幾重にも重ね着をした袖(物語では袂)は見えたが、とりわけ私が見初めた緋(「思ひ」の「ひ」に「緋」を掛ける)の色が恋しい、というのである。

歌にほだされ、女は平中と一夜を共にする。しかし翌朝、平中は後朝《きぬぎぬ》の文もよこさず、四、五日ほど消息を絶つ。プライドの高い女は悲嘆のあまり、髪を尼削《あまそぎ》（髪を肩のあたりで切り揃えた当時の尼の髪型）に切り落とし出家してしまう。彼は女を見捨てたのではなく、上司の随行や天皇行幸の供奉や方違えが次々に重なって動けなかったのだ。しかし、詫びの歌にも女は心を翻さなかった。

ほぼ同じ話が『大和物語』一〇三段にもあるが、公務にがんじがらめだった事情もわかってくれず、何をいっても女は聞き入れてくれない。事実による釈明と口先だけの弁解がことばとしては同じであることに平中は気づき、深い虚しさを覚えた、とある。華やかな懸想の歌から始まった恋の釈然としない終焉である。平中の恋物語の多くは歌と現実の落差が実にシリアスで、男のにがさがにじむ。

置く露のかかるものとは思へれどかれせぬものはなでしこの花

読人しらず　後撰和歌集　巻10・六九八

宇多天皇の皇孫、源庶明《もろあきら》が初めて懸想の文と歌を贈った相手の女性の返し歌である。題詞によれば、源庶明が懸想文を贈ったにもかかわらず、相手の女はただ白紙を引き結んで返してきただけだった。誘いに気乗りしないというより、男を試すような素っ気なく謎めいた対応をした。

それに対して庶明は「つまに生ふることなし草《ぐさ》を見るからにたのむ心ぞ数まさりける」（同六九七）と応じてみせる。「ことなし草」は白紙の返事、つまり「言無し草」のことだが、これを「つま＝軒端」に生える「事成し草＝忍草」に掛けて、二人の間の事（恋）が成就する意と見なし、あなたに期待する心が湧いてきた、と歌ってみせる。こういう厚かましい押しが恋歌の贈答における男歌の正道。

宮仕えに忙しい女はようやく「常夏の花＝なでしこ」に掲出歌をつけて返してきた。この花に置く露がたちまち消えるように、あなたの心もかりそめのものでしょうが、露と違って簡単には枯（離《か》）れぬものはなでしこの花ですよ、というほどの意。解釈に微妙な幅はあるが、露は庶明、なでしこの花は彼女自身の喩と解されよう。

これに庶明は「かれずともいかがたのまむなでしこの花はときはの色にしあらねば」（同六九九）と返す。枯（離）れぬとはいえ、ずっと信頼できるわけでもない、なでしこは常夏ではあっても常磐（永遠）ではないからね、という意。いい加減な気持ちで私を口説いていませんか、という女の機智的なジャブに対し、庶明も機智で切り返した。こうなると恋歌の贈答というより口喧嘩。贈答はこの三首だけだが、本格的な恋はこれから始まるのだろう。

思ひつつ寝《ぬ》ればや人の見えつらむ夢と知りせば覚めざらましを

小野小町　古今和歌集　巻12・五五二

万葉仮名では、夢は「伊米《いめ》」「伊目《いめ》」「伊昧《いめ》」のようにも表記される。正確には、「いめ」は「寝目」であり、寝ている状態の眼が知覚したものを指す。『日本書紀』神武即位前紀に大和平定直前の神日本磐余彦《かむやまといわれびこ》（神武）が、もし自分に勝機があれば夢に神意は示されよう、と「祈誓《うけい》」をして寝たところ、天神が現われ勝利への呪術を授けたという話がある。

古代では政治軍事で夢の力に頼ることがあった事例である。夢という知覚回路を通して神が意思を伝える超自然的な現象だが、これが万葉では「我が背子がかく恋ふれこそぬばたまの夢《いめ》に見えつつ寝《い》ねらえずけれ」（巻4・六三九）という具合に、自分を思う相手がその意思で夢に姿を見せるという俗信に変わって歌われる。夢に現われるのは相手が自分を恋してくれている確かな証拠なのだ。

小町の歌は、あの人のことを思いながら寝たから夢に現われたのか、夢とわかっていたら目覚めずにいたものを、というほどの意。これは自分の慕情が相手の姿を夢に呼び寄せたということで、現代の心理学的な常識の範囲にも収まる。一首、あたかも童女のつぶやきのように率直で可憐な情感を帯びており、寝覚めの瞬間をよぎった索漠とした切なさが端的に伝わる。夢は次第に超自然的な呪力を失い、つかのまの幻をもたらすだけのものになる。

『古今和歌集』にはこの後に「うたた寝に恋しき人を見てしより夢てふものは頼みそめてき」「いとせめて恋しきときはむばたまの夜の衣をかへしてぞ着る」という二首がつづき、夢の逢瀬をめぐる哀切な思いが率直に歌われる。この切ない率直さが小町の歌の魅力でもあろう。

春の夜の夢に逢ふとし見えつるは思ひ絶えにし人を待つかな

伊勢　伊勢集　一一七

『古今和歌集』を代表する女流歌人の恋歌である。収録歌数は女流では第一位。『後撰和歌集』にも七十首を超える歌を採られ、その後も小野小町や和泉式部とならんで長く古典和歌史を彩りつづけた。家集『伊勢集』には、時系列に沿って伊勢の恋多き境涯を語る題詞と歌がならび、事実と虚構の入り混じった歌物語的世界を見せてくれる。

掲出歌は題詞に「忘れはべりにし人を、夢に見はべりて」とあり、小町の「思ひつつ」の歌と同じく夢と恋にちなんだ一首。春の夜の夢で逢ったということは、やはり私は思いを断っていたあの人を心のどこかで待っているのだ、というのだ。小町の歌はみずからの慕情が夢に恋人を呼び寄せたのだが、こちらは恋の思いを断ちきって忘れたつもりの人が夢に現れたということになる。思いが断ち切れてはいなかったことでもあり、にがい自覚をともなう。

ここで伊勢の歌った夢は、抑圧された無意識を自覚化させる働きをする夢なのだが、それはまさに現代のわれわれにも馴染みの夢の類型のひとつであろう。とりたてて凝った技巧も修辞も使われておらず、小野小町の歌にも通ずる率直な述懐表現だが、心の暗い淵を静かにのぞきこむような知的なたたずまいが一首の味わいとなっている。

伊勢には「見し夢の思ひ出でらるる宵ごとに言はぬを知るは涙なりけり」(後撰　巻12・八二五)という複雑な味わいの夢の歌もある。恋する人と逢った夢を思い出す夜ごとに、その切なさを口に出せずただ涙を流したこともあった、今はあの人の夢を見ることさえない、というのだ。物語の一節の歌のようでもあり、伊勢をめぐる想像を掻きたててくれる。


たのまじな思ひわびぬる宵々《よひよひ》の心は行きて夢に見ゆとも

藤原為家　続後撰和歌集　巻14・八八五

この一首もまた夢をめぐる恋の歌である。期待など誰がするものか、夜ごと夜ごとの恋しさに思いわびる私の心が、あの人のところに通って行って、その夢に姿を見せたとしても、どうせ、あの人は私のことなど歯牙にもかけてくれないんだから、と歌う。

和泉式部に「おぼめくな誰ともなくて宵々に夢に見えけむ我ぞその人」（後拾遺　巻11・六一一）という類似した歌があり、為家はこれを意識していたようだ。女に初めて求愛する男のための和泉式部の代作と題詞には記されるが、知らんぷりをしないでほしい、誰ともはっきりしないながらも、夜ごと夜ごと、あなたの夢に姿を見せたであろう私こそがその夢の人だよ、というのである。

これを本歌とするなら、和泉式部作とは趣向を変えて、作中主体を対照的な女にしたと見るのがいい。式部歌の朗らかでむしろ無邪気ともいえる男の述懐に対して、為家のほうは片思いに苦しむ女の屈折したプライドや含羞を添えたと解することができる。ともに、恋する者が意思的に相手の夢に現れるという遠い古代呪術的な夢を踏まえるが、恋の心理の神秘的な演出としては効果的である。古代では夢に現れるのは実は遊離する魂《たま》なのである。この遊離魂信仰も王朝期を過ぎてくると、多くは怪異譚めいたものになる。

なお、為家には「たのまじな」という強い心情句を初句切れに使った例が、掲出歌を含め恋歌三首に残る。みずからの歌論『詠歌一躰』で説いた平淡美とはいささか異なる表現であって、感情の表出には意外に激しいものがある。そこに定家の血統を見ることもできよう。

来ぬ人をまつほの浦の夕凪に焼くや裳塩の身も焦がれつつ

藤原定家　新勅撰和歌集　巻13・八四九

『新勅撰和歌集』は定家が単独で撰進した歌集。自撰作は十五首、これはその中の一首。少なくとも定家晩年の自讃歌のひとつということになる。『小倉百人一首』『百人秀歌』『自歌合』にも自撰している。初出は順徳院主催の建保四（一二一六）年閏六月九日「内裏歌合」。

待てど来ない人を待つ、この松帆の浦の夕凪のころ、藻塩が焼かれるように身も焦がれながら、というのである。こうして下手な現代語訳をほどこすと、たちまち間延びしてしまうが、緊密な言葉の配置と流れるような韻律、イメージと情感の豊かな交響をまず堪能したい一首。「来ぬ人を待つ」から「松帆の浦」（淡路島北端の海岸、明石の対岸）を「まつ」の掛詞で導き、夕凪の海岸の景に藻塩を焼くのどかな情景を添える。そこから「焼く」を二重文脈として、身が焼き焦がれるという作中主体の激しい情炎を一気に導きだすのである。例によって感覚の腕力ともいうべき定家特有の激しい気息がまぎれもない。

穏やかな夕べの情景を描きながら、同時に恋の焼けるような焦燥を対照的にクローズアップする構成である。本歌となっているのは、『万葉集』の笠金村の長歌といわれる（巻6・九三五）。金村の長歌は、明石海岸から松帆の浦の「海人娘子《あまをとめ》」に会いに行きたいが叶わないという官人の軽い嘆きを歌ったものだが、定家は作中主体を待つ女に変えた。

都の男が明石から訪れるのを待つ海人娘子の物語などがふと連想されるが、本歌との相関性からいえば、そういう連想もありうるかも知れない。いずれにしても、奥行きの深い縹渺たる余情をはらんだ一首といえる。

逢ひ見ての後の心にくらぶれば昔は物も思はざりけり

藤原敦忠　拾遺和歌集　巻12・七一〇

藤原敦忠《あつただ》は左大臣時平の子、『大鏡』に「和歌の上手、管絃の道にもすぐれたまへりき」と記され、『大和物語』などに恋多き華やかな歌物語が伝えられる。権門藤原北家の貴公子として実際に多くの女たちと恋をしたろうし、恋歌の贈答にも長けていた人物だったわけである。

掲出歌の前後には、歌合や定数歌の題でいえば「初遇恋《はじめてあふこひ》」に入るべき歌がならぶ。恋焦がれた女への思いをようやく遂げ、初めて迎える後朝《きぬぎぬ》の思いを歌う男たちの歌群が中心である。「逢ふことを待ちし月日のほどよりもけふの暮れこそさびしかりける」（大中臣能宣　七一四）、「逢ひ見てもなほ慰まぬ心かないくちよ寝てか恋のさむべき」（紀貫之　七一六）といった歌だが、掲出歌もこうした範疇の歌である。『小倉百人一首』にも採られている。

四句「昔は物を」というテクストも伝わるが、ここは藤原定家筆写の冷泉家本等の表記に従う。こうして初めて逢って一晩を共にした今朝のあなたへの深い思いに比べると、以前は恋の物思いなど全くしなかったも同然だ、というのである。実用的な解釈をすれば、こういう深い感慨をこめた後朝の歌を相手の女に贈るのが当時の約束事だった。

この歌に関する作家田辺聖子の解釈が興味深い（『文車日記』）。「逢ひ見ての」には「複雑な皮肉な響き」があると読み、単純かつ熱烈に恋い焦がれていた欲望が「逢ひ見ての」後にたちまち燃え尽きてしまい、「恋が生まれ恋が死ぬときの大きな動揺」を感じている、そういう男の歌ではないか、というのだ。従来の解釈はあまりに女性的であり、こうした男性的解釈の幅も一首にはあるとも田辺はいうが、男女の性愛の相違や齟齬を微妙にうがって説得力がある。

嘆きつつ返すころものつゆけきにいとど空さへしぐれ添ふらむ

藤原兼家　新勅撰和歌集　巻12・七一六

「初遇恋」の段階から、晴れて女のもとに通うようになった当初の男の歌である。いわば新婚ほやほやの若い夫が、事情があって逢えぬ妻に甘い繰り言をいっているような歌。夫は二十六歳の藤原兼家、右大臣師輔の三男であり、ついに正二位関白太政大臣まで昇りつめ、二人の天皇の外祖父として藤原北家の全盛期を築く人物である。

妻は同じ北家ながら受領階級にくすぶる家の娘、多くの妻妾を持つ権門の夫の第二夫人となった「あるかなきかのここちする」はかない境涯を、後に『蜻蛉日記』につづる。とはいえ、この時まだ、夫のほうは妻と逢えぬ僅かな期間でさえ、掲出歌のような濃やかな恋歌をよこしていた。十月に入って、妻は物忌みで誰にも会わず家に籠もっているのだ。

おまえに逢えないのを嘆きながら、せめて夢にでも逢えるかと何度も裏返してみた衣が涙で湿っぽい、そのうえに、なんだって空まで湿っぽい時雨を添えるんだろう、というほどの意。衣を裏返して寝ると恋しい人が夢に現れるという俗信に基づく一首で、裏返した衣の上に夢でも逢えぬ嘆きの涙をこぼしている、という趣向である。

これに妻は「思ひあらば干《ひ》なましものをいかでかは返す衣のたれも濡るらむ」と返す。熱い「思ひ」の、その「火」さえあれば乾くでしょうに、あなたも私もどうして衣が濡れたままなのかしら、というほどの意。『蜻蛉日記』にみずから実に古めかしいと評しているが、もっと気のきいた斬新な歌で兼家を驚かしてやればよかった、と思ったのか。過去を回想しながら書く日記だったから、若き日のうぶで甘ったるい自分の返歌を苛立たしく思ったのかも知れない。

嘆きつつひとり寝《ぬ》る夜の明くる間はいかでひさしきものとかは知る

右大将道綱母　拾遺和歌集　巻14・九一二

題詞に「入道摂政まかりたりけるに、かどをおそくあけければ、たちわづらひぬといひ入れて侍りければ」とある。兼家が帰ってきたが、門を開けるのが遅くなり、待ちくたびれた末にようやく家に入れた、という。入道摂政は晩年の兼家の通称、当時はまだ右《う》兵衛佐《ひょうえのすけ》だった。

『蜻蛉日記』では兼家は門を開けてもらえず、新たに通いはじめた町小路の女のもとに去っていく。当時、作者は道綱出産直後、正室時姫が道隆を出産した後に兼家は作者のもとに通いはじめたから、同じことが繰り返されているわけだ。とはいえ、道綱の母となった作者は嫉妬と怒りをあらわにする。

正確には、平然と新しい女のもとに通う兼家の無神経にいたくプライドを傷つけられたのである。

しかし一首には、そういう生々しい激情はうかがわれない。あなたの訪れをひたすら待ちながら独り臥している夜がどんなに長いものかご存知ですか、なのに、あなたは門を開ける僅かの間さえ待ちきれず帰ってしまった、と歌う。門前払いをしたわけではない、独り寝が続いて気鬱だから開けるのが遅くなったにすぎない、淋しい私への優しい思いやりがほしい、と弁解しつつ拗ねて見せただけである。「うつろひたる菊」に添えて一首を兼家に贈ったようだ。

翌朝届いた掲出歌が兼家は気に入ったらしく、「げにやげに冬の夜ならぬ真木の戸もおそくあくるはわびしかりけり」と返す。実におまえのいう通りだ、と謝罪する。『大鏡』にもこの贈答が紹介されているが、これは兼家が官人仲間に細君の才媛ぶりを能天気に披露した結果かも知れない。あっけらかんとして磊落な夫、繊細に思いなやむ妻。二人のやりとりはなんとなくユーモラスでもある。

はなうるしこやぬる人のなかりけるあな腹黒の君が心や

読人しらず　金葉和歌集　巻8・五〇七

人を罵倒する歌のように見えるが、これもいちおう平安の恋歌である。おやおや、これは艶出しのための花漆を塗るように寝る人がいなかったというのか、そういう嘘をつく、うすぎたない黒漆まがいの腹黒いあなたの心であることよ、というほどの意。「塗る」に「寝《ぬ》る」を掛け、光沢用の透漆をかけていないくすんだ黒漆を「腹黒」に譬えている。

おそらく、浮気をした相手を妻か恋人が責め立てている歌と考えられるが、「寝る人の」「腹黒の君」といった表現はあからさまで俗っぽい。例えば、『源氏物語』五一帖「浮舟」で、薫大将が恋人浮舟と匂宮との関係に気づき、浮舟に贈った一首は「波越ゆる頃とも知らず末の松待つらむとのみ思ひけるかな」という優雅で婉曲な歌。一方、掲出歌は、寝たなら寝たと正直に白状しろ、この嘘つきの腹黒男、と迫っているわけなのである。

『金葉和歌集』は俊頼が単独で撰進した勅撰集だが、こういう歌への目配りがいかにも俊頼を思わせる。歌論『俊頼髄脳』では藤原公任の歌を規範とし、「気高く遠白き＝品格が高く雄大な」歌を秀歌としてはいるが、私家集『散木奇歌集』には俗語まじりの実情歌やユーモラスな連歌、万葉風の朴訥な歌も少なくない。「山賤《やまがつ》の卑しきことばなれど、尋ねざれば、あしたの露と失せぬ」とも『俊頼髄脳』でいっている。この姿勢が『金葉和歌集』に新風を吹きこませたようだ。

掲出歌と前後して読人しらずの恋歌が十七首ならぶが、「寝臭し」「盗人」といった俗語や非王朝的な発想の歌が見える。こういう恋歌が俗謡としてあったとも思われるし、俊頼の創作かも知れない。掲出歌などは特に、下級貴族や庶民のリアルな肉声のようなものが感じられる。

葦原のしけしき小屋《をや》に菅畳《すがたたみ》いや清《さや》敷きてわが二人寝し

神武天皇　古事記歌謡十九

神倭伊波礼毘古命《かんやまといわれびこのみこと》、つまり神武天皇の回想の歌。あの時は、葦の生い茂った野原にひっそりと籠もった小屋で、菅畳をたいそう清清しく、さやさやと音を立てて敷いて、私とおまえは共寝をしたことだ、と歌う。「しけしき」には諸説あるが、岩波古典大系『古代歌謡集』の土橋寛説「ひっそりこもった」という口語訳に従う。

日向から東征し大和を平定した神武天皇は畝傍の橿原宮に皇居を定め、大久米命に勧められた七人の娘の中で美女伊須気余理比売《いすけよりひめ》（三輪の大物主神の娘）を皇后に選ぶ。天皇は狭井河《さいがわ》（畝傍北方の明日香川の古流域か）のほとりにある彼女の家に出かけ、一晩を共にする。その後、彼女が初めて橿原宮に参内した時に、これを天皇が歌ったと『古事記』は記す。

伊須気余理比売は神の子であるから、その住居が「小屋」というのはなにやら不審である。おそらく神武の婚姻物語の中に、本来は異なる来歴の掲出歌が取りこまれたと考えるのがいい。大津皇子の「大舟の津守《つもり》が占《うら》に告らむ《の》とはまさしに知りてわが二人寝し」（万葉　巻2・一〇九）と結句は同一であり、人麻呂の長歌にも「二人わが寝し」という少異句があり、時代的には新しい歌なのだろう。

大津皇子の歌は婚姻（密通）関係をあえて公言するような歌いぶりである。掲出歌も本来は歌垣のような聴衆のいる場で青年たちによって歌われた恋の告白歌謡と想像するのも楽しいが、短歌形式の整然たる姿、簡潔な叙事を通して恋の成就した歓びを歌いあげる表現、サ行音を効かせた歯切れよい調べなどを踏まえると、しかるべき万葉歌人の創作した歌のようにも思える。

ます鏡見えかくれする面影はこころの鬼といづれまされり

能因　能因法師集　上巻　四七

『能因法師集』上巻には出家以前の歌が収録されている。掲出歌は能因が文章《もんじょう》生《しょう》として朝廷出仕を期していた青年時代の歌と考えられる。鏡に見え隠れするあなたの恋しい面影と、あなたの心に棲む鬼（猜疑や邪推）と、いずれがまさっているのだろうか、というほどの意。

題詞に「鏡を借るに、影をだに見せじなど言ひたる人に」とある。能因が借りた鏡に、面影さえ見せまい、などといった人は、能因の通っていた女だろう。恋人から鏡を借りるというのも奇妙な話だが、類似例は『後撰和歌集』などにも見える。人を思えば鏡に姿が現われるという俗信に基づいたものので、相手の自分への思いを測るために、こういう占いめいたことをした。夢占いと同じである。

女は鏡を能因に貸したものの、「影をだに見せじ」と冷淡なことをいった。能因への猜疑心からである。もう心変わりしたのでしょう、いくら私の鏡をのぞいても無駄よ、というところだろう。女は、すでに確証も握っているようだ。だが、能因は簡単には引きさがらない。むろん嘘だろうが、面影はちらちら見える、と歌う。まだ思ってくれているじゃないか、その思いと猜疑心と、どっちが強いのだろう、と試すように問いかける。女の返歌は家集にはない。

一首前に、人から「誓言《ちかごと》（心変わりしないという誓い）たてよ」といわれて詠んだ歌がある。この人が同じ女なら、能因はよほど信用がなかったか。愛想尽かしされる寸前の歌を家集に入れた真意はわからぬが、強い気性の女との恋の終末をみずからおもしろく演出している風でもある。伝説的な数奇《すき》者《もの》の片鱗がすでにうかがえる。

消えかへりあるかなきかのわが身かな恨みて帰る道芝の露

藤原朝光　新古今和歌集　巻13・一一八八

題詞に「女のもとに、ものをだに言はんとてまかれりけるに、むなしく帰りて朝《あした》に」とある。せめて話だけでも、と訪れてみたが、女は口をきいてくれなかった。かつてはねんごろな仲だった女に冷ややかに拒ばまれたのだ。そのみじめな思いを歌にこめて女に贈ったのだろう。

あなたに拒まれ、気も消沈して生きているかどうかさえ定かではない私なんだよ、さながらあなたを恨みながら帰った朝の道の芝草に置く露のようにね、と歌う。かつては意気揚々と、あるいは思い出し笑いでもしながら帰った後朝の道を、今朝は半ば亡者のように歩いたというのだ。

「恨みて帰る」は「浦見て帰る」と掛けられ、海や船の縁語とする歌が多い。「逢ふことのなぎさにし寄る波なれやうらみてのみぞ立ち帰りける」（古今　巻13・六二六）というような歌を先蹤として、その方向に技巧は深まる。しかし、掲出歌にはその種の配慮は見えず、「恨みて帰る」は文字通りの意味しかない。切羽つまった実情が技巧や修辞をかえりみる余裕を奪ったのだろうか。

相手の女は三十六歌仙の一人、小大君《こおおぎみ》。『小大君集』にも掲出歌はあり、「あはれともくさ葉のうへや問はれまし道の空にて消えなましかば」（同六三）が彼女の返歌。お歌のとおり、消えてしまったなら「あはれ」とも思いましょうが、生きているじゃありませんか、という、実にそっけない冷淡な応答である。家集では愛執連綿たる朝光と冷淡な小大君の贈答がしばらく続くが、やはり縒りは戻らなかったようだ。ただし、この一連の贈答には出自不明の歌も混じり、潤色の手も入っているだろう。

恨みわび干さぬ袖だにあるものを恋に朽ちなむ名こそ惜しけれ

相模　後拾遺和歌集　巻14・八一五

後鳥羽院撰「時代不同歌合」、定家撰『百人秀歌』『小倉百人一首』にも採られており、中世的な鑑識にかなう名歌だったといえる。初出は永承六（一〇五一）年五月五日の内裏根合。根合は端午の節句の日、左右両座に分かれ、持ち寄った菖蒲の根の長短と歌の優劣を競う物合である。

掲出歌の題詞には「永承六年内裏歌合に」と初出の場が記されているだけだが、題は「恨恋《うらむこひ》」がふさわしい。定数歌や歌合などの恋歌の題に「恨」は見えるが、勅撰和歌集では十三世紀半ばの『続後撰和歌集』にようやく登場する。とまれ、恋に恨みはつきもので、『新編国歌大観』勅撰集編の索引を引くだけでも、「恨み」系の歌がざっと六百以上は数えられ、恋歌がその多くを占める。

掲出歌は捨てられた女の恨みとプライドをモチーフにすえた一首。あの人を恨みぬいて私は悲しみにくれる、そのとめどない涙で乾く間のない袖さえまだ朽ちないのに、浮名ばかり立ち、この虚しい恋に朽ちてしまう私の名が惜しまれる、というのだ。要するに、薄っぺらな袖でさえ朽ちずにあるのだから、大切なわが名を朽ちさせてなるものか、という風に読むのがいいかと思う。

恨みで萎えかけた心をプライドのみが支えるという凜とした述懐なのだ。「名を惜しむ」というのは男の求愛や心変わりに対し、女が万葉以来の拠り所とした歌ことばといっていいかも知れない。この歌の、恨みは恨みとして嫋々と、しかし率直に歌い、断固として「名を惜しむ」と歌いすえる表現は、この種の題詠として意を尽くした感があり、相模の熟達した詩想と技巧を思わせる。

相思はぬ人を思ふは大寺の餓鬼のしりへに額づくごとし

笠女郎《かさのいらつめ》　万葉集　巻4・六〇八

題詞に「笠女郎、大伴宿祢家持に贈る歌二十四首」とあるが、その二十二番目の歌である。一連冒頭には「わが形見見つつ偲ばせあらたまの年の緒長く我も思はむ」（五八七）という歌が置かれ、命の形代《かたしろ》ともなる品を家持に贈るような、深く親密な仲だったことがうかがえる。

これが末尾に近い掲出歌になると、「相思はぬ人を思ふ」という冷めた仲になる。思ってもくれぬ人を思うのは、大寺の餓鬼の尻に向かって額づくような愚かなこと、ああ、私は愚かな女でした、と歌う。餓鬼は現世の貪欲の報いにより死後、飢渇に苦しむ罪業を受ける亡者。手足は痩せ細り、腹ばかり異常に膨れた醜悪な餓鬼像が大安寺、薬師寺などの大寺に置かれていたのだろう。

「餓鬼のしりへに額づく」という毒々しい表現には、家持を餓鬼に見立てた悪意があるはずだ。当時、家持はまだ出仕以前、十代後半の少年に過ぎなかった。笠女郎は一連の手馴れた相聞歌の技量から見て、家持よりかなり年長だったと考えられる。地方豪族の娘にすぎない笠女郎が、年下とはいえ、名門大伴家の貴公子を餓鬼に見立てた歌を贈るのは、戯笑歌でもない限り、尋常ではない。

つまり異常の域に達するほど、つれない家持に激しい怒りと恨みを抱く恋の終焉があったわけだ。家持には煮え切らぬ返歌が二首あるだけだが（六一一、六一二）、笠女郎からの贈歌の、少なくとも二十四首は彼の歌帖に残した。果ては餓鬼と罵られようが、女郎の相聞歌には家持の心を打つものがあったようだ。すでに家持には、実情と風雅の微妙な皮膜を感受する意識が蓄えられていた。

我がこころ焼くも我なりはしきやし君に恋ふるも我がこころから

作者未詳　万葉集　巻13・三二七一

わが心を嫉妬の炎で焼き焦がすのも私であり、いとおしいあなたに恋い焦がれるのも私の心なのだ、と歌う。恋する女の、なにやら内省的、教訓的な述懐だが、実はこの一首、次の凄まじい長歌の反歌なのである。

さし焼かむ　小屋《をや》の醜屋《しこや》に　かき棄《う》てむ　破薦《やれごも》を敷きて　うち折らむ　醜《しこ》の醜手《しこて》を　さし交《か》へて
寝《ぬ》らむ君ゆゑ　あかねさす　昼はしみらに　ぬばたまの　夜はすがらに　この床《とこ》の　ひしと鳴るま
で　嘆きつるかも
（三二七〇）

恋する男は今ごろ別の女と情事にふけっている。そのなまなましい情景を想い浮かべつつ、激しい嫉妬と憤怒のことばを連ねたのが長歌の前半。二人のこもる汚らしい小屋を焼き払い、破れ薦の上であの人と抱き合っている女のけがらわしい腕をへし折ってやりたい、という。そして、四六時中、床がきしむほどに悲嘆を重ねていると歌い結ぶ。

平城京跡から厭魅《えんみ》に用いられた木簡型の人形《ひとがた》が出土している。厭魅とは、恨む相手に擬した人形の目や胸に釘を打ったりする呪術。当時、厭魅は流行し、蠱毒《こどく》（蝮や蠍などを使った呪術）とともに養老律でも禁じられた。長歌前半部は、古橋信孝のいうように（『万葉集を読みなおす』）、秘密の呪文を踏まえたものかも知れない。厭魅蠱毒以外に、こうしたことばの呪術も古代社会には広く潜在していたと考えられる。そこに歌が関与していないはずがない。

長歌に比すると、反歌は内省的でおとなしい。激情から一変してわれに返ったような歌である。恨みの果てに生き霊にでもなりかねない自身への鎮魂の趣がある。男の手が加わっているような気もしないでもない。

八田《やた》の一本菅《ひともとすげ》は独り居りとも　大君《おほきみ》しよしと聞こさば独り居りとも

八田若郎女《やたのわきいらつめ》　古事記歌謡六五

『古事記』仁徳天皇記で天皇寵愛の八田若郎女が歌った一首。『古事記』は帝紀では天皇を聖帝として記すが、伝承や物語に関する先代旧辞では一変、皇后石之比売《いわのひめ》の嫉妬を恐れる人間的な天皇として描きだす。八田若郎女は、恐妻石之比売の紀伊行幸中にひそかに天皇が宮中に入れた美女。それを知った石之比売の逆鱗に触れ、若郎女は身を引く。

八田に一本だけ立つ菅は独り身のままでかまいません、大君さえそれでよいと思し召すなら独り身でかまいません、と若郎女は歌う。片歌を二度繰り返す旋頭歌形式で、口誦歌謡の面影をとどめる。

これは、なお諦めきれぬ天皇が贈った「八田の　一本菅は　子持たず　立ちか荒れなむ　あたら菅原《すがはら》　言《こと》をこそ　菅原《すげはら》と言はめ　あたら清《すが》し女」（記六四）という不定形長歌の返歌なのである。天皇の贈歌は、八田の一本菅は子も持たぬまま立ち枯れてしまうのか、枯らすには惜しい菅原よ、ことばでは菅原に譬えてはいるが、実は惜しい美女、おまえのことだ、というのだ。ここには、男に身を許さず、独り身を貫く誇り高い美女への揶揄の調子が感じられないだろうか。

本来この贈答は、大和八田（矢田）に伝わる歌垣系の伝誦歌謡であり、記六四は揶揄まじりに娘に求婚する男の「誘い歌」、記六五は娘の「はねつけ歌」と考えられる（土橋寛『古代歌謡と儀礼の研究』他）。「大君」は仁徳記物語編入時に改稿されたもので、原歌には在地の豪族の名でもあったろう。若い衆の恐れる権力者の名を出し、あの方が私の後ろ盾だから独り身でも結構、と出まかせのカウンターを返したわけだ。歌垣の女歌が見せた間髪を入れぬ機智ではなかったか。

ひさかたの雨は降りしくなでしこがいや初花に恋しきわが背《せ》

大伴家持　万葉集　巻20・四四四三

題詞に「五月九日に兵部少輔《ひやうぶのせうふ》大伴宿祢家持の宅にして集飲する歌四首」とあり、掲出歌はその二首目。宴の主人は家持、客人は大原今城である。当時、今城は上総《かみつふさ》国大掾《だいじょう》の職務にあり、朝集使として上京していた。太政官へ朝集帳の提出、その説明答弁の義務を終えたのだろう。任国帰還に際して親族の家持に挨拶を述べに来たようだ。天平勝宝七（七五五）年のことである。

その宴で開口一番、今城は「わが背子がやどのなでしこ日並べて雨は降れども色も変はらず」（四四四二）と主人家持に歌いかける。家持は撫子を好み、自邸の庭に栽培していた。今城は、梅雨（当日は陽暦六月二十二日）に打たれても色変わりしない常夏の花をまず褒めたのだ。面変わりしない家持の若さへの称賛の含みもあろう。

それに対して掲出歌は、降りしきる梅雨の中に今咲いたばかりの撫子の初花を見るようにいよいよ恋しさが募る、と今城を懐かしむ胸中を歌う。ぶっきらぼうな口語訳を記したが、原文はともに女から男への甘やかな相聞表現を踏襲している。明らかに女の恋の装いを纏っているわけだ。そのキーワードは「わが背子」「わが背」である。

「妹《いも》」「兄《せ》（背）」は歌ことばに限定された男女の恋人同士の呼称である（西郷信綱『古事記研究』）。この「兄」を奈良朝の宴では頻繁に男同士が用いた。宴の作法として、来訪神を迎える巫女の儀礼が影を落としていたものと考えられる（拙著『「おんな歌」論序説』）。巫女に倣った青柳や季節の花を用いた「かずら」「かざし」の装飾も見られる。宴では主客ともに神に仕える巫女を演じたのだ。「いや初花に恋しきわが背」とは、宴の歌ならではの虚実皮膜の親愛表現であった。

みるめなきわが身をうらと知らねばや離《か》れなで海人《あま》の足たゆく来る

小野小町　古今和歌集　巻13・六二三

この歌の直前に「秋の野に笹わけし朝の袖よりも逢はで来し夜ぞひちまさりける」（六二二）とい

う在原業平の一首が置かれる。後朝《きぬぎぬ》の別れの時にも笹原の露を押しわけつつ私は泣いたものだが、ついに逢ってもらえず帰って来た夜のほうが袖はしとどに濡れた、というのだ。女に愛想を尽かされた男の率直な嘆きである。続いて掲出歌を読むと、内容的には返歌のようにも見えなくもない。「海松布《みるめ》」のない「浦」とも知らずに「海人＝漁師」たちは足を棒にして通ってくるが、そのように男を「見る目」もない「憂《う》ら（「憂し」の語幹に接尾語「ら」のついた名詞形）＝無情」な私とも知らずに、夜ごとあなたは通ってくるのですか、というのだ。賤業視された「海人」に、自身ではなく相手を譬えるのは、かなり冷ややかな嘲りと考えられる。まったく眼中にないという冷淡さである。

この二首を『伊勢物語』は「むかし男」と「色好みなる女」の贈答に見立てる（二五段）。女は曖昧な態度のまま、ついに逢おうとはしなかったという話だが、小町の歌ににじむ冷淡な感が「むかし男」の直情を際立たせている。『小町集』でも掲出歌は「つねにくれどえ逢はぬ女の、恨むる人に」と題された一連七首の冒頭に置かれる。

実際の贈答と考えるには、掲出歌の海にちなんだ語彙の選択はあまりにも業平の前歌の内容からかけ離れている。深草の少将の「百《もも》夜《よ》通《がよ》い」の伝説を生んだ小町の歌だ。業平の一首との取合わせには、これと似た歌語りのモチーフがあったと思われる。難攻不落の美女と直情の男のモデルとして伝説の二人は恰好の存在だったろう。

忘れじのゆく末まではかたければけふを限りの命ともがな

儀同三司母《ぎどうさんしのはは》　新古今和歌集　巻13・一一四九

題詞に「中関白《なかのかんぱく》かよひそめ侍りけるころ」とある。中関白とは十世紀後半の宮廷に絶大な権力をふるった藤原道隆。儀同三司母は高階成忠の娘貴子《きし》、やがて道隆との間に、後の儀同三司こと次代の権力者、伊周《これちか》が生まれることになる。この時、二人の恋は始まったばかりだった。

掲出歌は、いつまでも私のことを忘れまい、と誓うあなたの言葉が将来まで変わらぬのは難しい、だから、その言葉を耳にした今日、女として最も幸せな今日をもって終わる命であってほしい、というほどの意。新枕を交わしたばかりの女の後朝の歌である。いくぶん媚態のこもる「忘れじのゆく末まではかたければ」という否定的述懐はこの種の歌によく見られる。表現としては類型的だが、発想としてはごく自然でリアルなものだったと思われる。

掲出歌は『小倉百人一首』にも採られたが、その直前に『蜻蛉日記』作者の「嘆きつつひとり寝《ぬ》る夜の明くる間は」の歌が置かれているのは示唆的である。道綱母は藤原兼家の妻妾のひとりだった。正妻時姫との間に生まれたのが道隆である。その道隆の二人目の妻がこの儀堂三司母の貴子、すでに長子道頼を生んだ最初の妻もいる。通い婚は男の足が途絶えてしまえば終わる。まして権門の男たちは婿として引く手あまたなのである。

しかし、道隆は貴子を最後まで忘れなかった。父同様に複数の妻妾をもったが、伊周ら七人の子を産んだ貴子は嫡子の母として重んじられたのだった。「后がね＝后候補」となる二人の娘、定子と原子を産んだことも大きい。掲出歌の憧れたような「ゆく末」ではなかったのである。

忘れぬやさは忘れけりわが心夢になせとぞいひて別れし

藤原定家　拾遺愚草　二六八

定家らしいリアルで複雑な味わいをもった恋歌である。題は「逢不遭恋《あひてあはざるこひ》」、つまり一度は逢ったが、その後は逢うことのなくなった恋。この歌もそうだが、「逢不遭恋」の主体は女である。掲出歌も、はかない逢瀬を経て二度と逢えなかった女の立場で歌われる。

自分のことは夢だったと忘れてくれ、あの人はそう告げて別れたが、そのことばを私は忘れないでいたか、そんなものはとうに忘れていた、あの夜の契りは今なお夢ではないのだから、と歌う。「忘れぬや契りしものをいその神ふるとも雨の夕暮の空」（藤原家隆　壬二集　二八二七）などと同じく、時を経ようとも忘れられない慕情を歌うが、定家の一首には女心の一途な生々しさがにじむ。

影響を受けたかどうか、定家の母、美福門院加賀に「頼め置かむたださばかりを契りにて憂き世の中の夢になしてよ」（新古今　巻13・一二三三）という一首がある。若き日の俊成との恋の贈答である。俊成の求愛を拒んでいた時期の歌で、せめて来世では契ってほしいと迫る俊成歌（同一二三二）に対して、来世の契りだけをよすがとして、私のことは憂き世の夢としてください、と応じる。

加賀の一首は、女から男へ、うつつの自分を夢として忘れよと告げる歌だが、掲出歌は男の側からそう告げられた女の歌である。前者はまだ求愛を受け入れる以前の関係だが、後者は男の求愛を受け入れた以後を背景とする。男はどうあれ、女の恋はそこから本格的に始まる——そういうリアルで生々しい認識が掲出歌には見える。甘やかな母の歌を批評的ににれかむ定家の姿が浮かぶ。

挽歌・哀傷歌

山川に鴛《を》鴦《し》二つ居て偶《たぐ》ひよく偶へる妹《いも》を誰か率《ゐ》にけむ

野中川原史満《のなかのかはらのふひとまろ》　日本書紀歌謡一一三

挽歌が人の死を悼み悲しむ抒情詩だとすれば、この歌は現存する文献上に初めて登場した挽歌である。『日本書紀』本文では掲出歌は「其一」と記され、「其二」の歌もある。「其一」「其二」といった表記は『文選』にしばしば見られるから、挽歌草創期にも大陸文芸の力が働いたようだ。

山川に鴛鴦の雌雄二羽が浮かび、二羽がいつも一緒にいるように、片時も離れることのなかった「妹」を誰が他界に連れ去ったのか、というのだ。天子夫妻の相愛のほどを仲睦まじい雌雄水鳥によって譬える表現は早く『詩経』に見られ、その強い影響関係が契沖の『厚顔抄』以来、諸注釈に指摘されてきた。ここにも大陸文芸の力が働いている。

実は、この歌の作中主体は皇太子中大兄《なかのおおえ》、「妹」はその妃の造媛《みやつこひめ》である。愛妻の死に「愴然傷怛、哀泣極甚」という状態の皇太子の前に、彼の側近、野中川原史満が進み出て、二首の挽歌を献上したと本文は記す。つまり、この挽歌は代作されたものだったのだ。満は作歌のほかに琴も弾きこなした多才な人物だが、来歴はわからない。大陸の文芸楽曲に通じた渡来系の才人のひとりとして開化推進派の皇太子の側近に召されていたのだろう。

造媛は大化改新以来、天皇家に貢献した蘇我山田石川麻呂《そがのやまだのいしかわまろ》の娘。讒言を真に受けた皇太子が忠臣、石川麻呂を自死に追いやった。父の非業の死に衝撃を受け、傷心のあまり造媛は死んでしまう。掲出歌には、みずからの軽率な誤りを悟った皇太子の深い悲嘆と後悔の情がにじむが、愛妻を理不尽な死に追いやったのは皇太子自身だったのである。絶望的な抒情から挽歌史は始まることになった。

夜もすがら契りしことを忘れずは恋ひむ涙の色ぞゆかしき

皇后宮定子《ていし》　後拾遺和歌集　巻10・五三六

一条天皇の皇后定子の辞世である。これに続いて、「知る人もなき別れ路《ぢ》に今はとて心ぼそくもいそぎ立つかな」という彼女の歌がならぶ。初出は『栄花物語』の「鳥辺野」の段であるが、そこではもう一首「煙とも雲ともならぬ身なりとも草葉の露をそれとながめよ」が加わる。

夜通し愛を確かめ合ったことをお忘れにならないなら、この世から去った私を恋うあなたの涙の色が知りたい、と歌う。「契り」は夫婦の約束や男女の交情をいい、「涙の色」は、悲しみの極みに流れるという血の涙の紅を指す。深い契りを交わし合った一条天皇がどれほど自分を哀惜してくれるのか、知りたいというわけだ。

定子の崩御後、几帳の垂れ布の紐に結びつけられた、掲出歌を含む三首が発見された、と題詞は記し、『栄花物語』も同じ経緯を伝える。定子は第三子（媄子《びし》内親王）出産直後に二十五歳の若さで命を落とす。当時の出産は命がけの行為だったから、聡明な定子は早くから辞世を用意していたのだろう。三首目の辞世「煙とも」にある定子の遺志通り、火葬ではなく鳥辺野に埋葬されることになった。

当時、定子の正確な身分は皇后宮《きさいのみや》であった。遅れて入内した彰子《しょうし》が父道長の後盾で中宮を号して立后、強力な後盾の父道隆を失っていた定子は、中宮よりいくぶん影の薄い皇后宮という身分に替えられる。こういう事態は父親の権力の盛衰によって後宮ではしばしば起こったのである。死後もなお変わらぬ愛を乞い願うというのは恋歌発想法の類型に収まるだろうが、定子をとりまく後宮の実態を想像すると、鬼気せまる辞世と思えないでもない。

たれか世にながらへて見む書きとめし跡は消えせぬ形見なれども

紫式部　新古今和歌集　巻8・八一七

中宮影子の後宮に仕えた紫式部の、かつての親しい同僚上東門院《じょうとうもんいんの》小少将《こしょうしょう》（上東門院は出家後の影子の院号）の死を悼む哀傷歌。独詠ではなく、同じく同僚だったらしき加賀少納言のもとに贈ったものである。

題詞に「上東門院小少将身まかりて後、常にうちとけて書きかはしける文の、ものの中に侍りけるを見出でて、加賀少納言がもとに遣はしける」とある。紫式部と小少将は影子後宮で隣り合う局に住んだこともあり、手紙や歌を親しく交わし合う仲であった。『紫式部日記』にも影子サロンに仕える小少将の名が見える。彼女の死後、紫式部は遺品となった手紙を懐かしく読みなおしたわけだ。

一体、誰が人の世を生き長らえて、この手紙を見ることがあるでしょうか、小少将の書きとどめた筆跡は消えることのない形見なのに、というほどの意。手紙を書きとどめた者もそれを読む者も短い歳月しか生きられない、しかし関係する当事者たちすべてが死に絶えた後も、この懐かしい形見の筆跡だけはいつまでも残る。そういう手紙や筆跡のたたずまいに、紫式部はとりとめもない不思議な感慨を抱いたのではなかったか。人の世の無常だけを読もうとすると、平凡な歌になってしまう。「なき人を偲ぶることもいつまでぞ今日のあはれは明日のわが身を」（同八一八）という歌が、加賀少納言の返し。亡き人を慕う私の今日の悲嘆の思いも、明日はわが身におよぶことでしょう、というほどの意だが、人の世の無常を繰り返すのみで、掲出歌の手紙の筆跡をめぐる感慨にはいっさい触れていない。難題だったのだろう。

手に結ぶ水にやどれる月影のあるかなきかの世にこそありけれ

紀貫之　拾遺和歌集　巻20・一三二二

貫之の辞世となった歌である。『拾遺和歌集』と家集『貫之集』にほぼ同文の題詞がある。より詳しい家集の題詞を引くと「世間心ぼそく常の心ちもせざりければ、源公忠朝臣のもとにこの歌をやりける。このあひだ病おもくなりにけり」とある。源公忠は光孝天皇皇孫で三十六歌仙のひとり。貫之とはことに親交が深かった。

てのひらに掬いあげた水に月が映っているが、その光はぼんやりしてあるかなきかのようだ、そのように私の生も心細くはかないものになってしまった、というのである。命終に近い状態だったらしく、家集の当該歌左注には、人の話によると、公忠がただちに返歌をしないうちに貫之は亡くなり、驚き悲しんだ公忠の手によって愛宕《おたぎ》で葬儀が営まれ、火葬にした、と記される。

上三句の序は貫之の歌にしばしば現われる映像的な趣向である。例えば、『土佐日記』一月十七日の条、月明の海を航く場面で歌われる「水底《みなそこ》の月の上より漕ぐ舟の棹にさはるは桂なるらし」「影見れば波の底なるひさかたの空漕ぎわたるわれぞさびしき」の二首などが典型であろう。中唐の詩人賈島の「棹は穿つ波の底の月、船は圧す水の中の天」（『漁隠叢話』等に引用された詩）を踏まえた歌で、水に写る月や空の映像を幻想的に一首に取り込んだ趣向である。

大岡信は、この「水に映るもの」という趣向が「まさに生涯最後の表現となって現われているのも、運命的なものを感じさせる」（日本詩人選7『紀貫之』）という。ことばによる非現実の実現を試みつづけた歌人の最期にふさわしい一首だが、独りつぶやくような実情感も見のがせない。

青旗の木幡《こはた》の上を通ふとは目には見れども直《ただ》に逢はぬかも

倭姫皇太后　万葉集　巻3・一四八

題詞に「一書に曰く、近江天皇の聖躰不豫《みやまひ》したまひて、御病急《みやまひには》かなる時に、太后の奉献《たてまつ》る御歌一首」とある。天智天皇は危篤状態にはあるが、まだ崩御していない。しかし後述するとおり、歌の内容は崩御後のことだから、「一書」云々と朧化した題詞にしたのだろう。歌の場や来歴はいまひとつ明瞭ではないところがある。

天皇の御魂《みたま》が木幡山の上空をお通いになるのは目には見えるけれど、もうかつてのように直接にお会いはできないことだ、というのである。「青旗の」は、葬旗のように樹木の茂りつらなる、という意の枕詞。天智天皇のうつし身から魂魄が遊離し、御陵の地、山城国山科の木幡山上空へと翔け去った、と読むのが正確だろう。天智天皇は近江大津宮で崩御したからである。本来は御魂の甦りを待つ殯宮で歌われた挽歌であったとも考えられる。

「直に逢ふ」は、「み熊野の浦の浜木綿百重《ももへ》なす心は思へど直に逢はぬかも」（巻4・四九六）のように、うつし身の男女の触れ合いをいう相聞表現として用いられた。皇后倭姫は、この世では再び逢うことのかなわぬ夫をせつなく恋い慕う相聞歌として、この一首を詠んだのである。後に現われる柿本人麻呂の荘重な叙事詩を思わせる皇族への殯宮挽歌とは表現の質が異なる。

天智天皇は即位から三年後の九月に発病し、十二月には崩御する。四十六歳、壮年期の死である。崩御から半年後の六月、弟の大海人皇子が挙兵、壬申の乱が起こる。天智の長子大友皇子率いる近江軍は大敗を喫したが、その後の倭姫の消息はわからない。

捨てはてむと思ふさへこそかなしけれ君になれにしわが身と思へば

和泉式部　後拾遺和歌集　巻10・五七四

冷泉天皇第四皇子、帥宮敦道《そちのみやあつみち》親王が薨去した際の哀傷歌である。二十七歳という短い生涯であった。和泉式部と恋に落ちてから四年余りしか生きられなかったが、彼女への熱愛ぶりは『和泉式部日記』をはじめ『栄花物語』や『大鏡』にもつぶさに描かれている。

題詞に「同じころ、尼にならむと思ひて詠み侍りける」とある。家集の『和泉式部続集』には、親王の四十九日法要の際の一連の後に続いて、同様の題詞のもとに掲出歌が置かれているから、「同じころ」はいつなのか推察がつく。帥宮の四十九日の法要を終えて、和泉式部は出家を思い立ったのである。女のシンボルである黒髪を落とし、俗世を離れるわけだから、一種の後追い心中を思い立ったわけだ。そうは思い立ったものの、というこころの葛藤を歌うのが掲出歌。

わが身もめぐりの一切も捨ててしまおうと思うが、そう思うこと自体が悲しい、なぜなら、捨てようとしているこの身はありし日の君にすっかり馴れ親しんだ身、私を深く愛してくれた君の形見なのだから捨てるのは悲しい、というのである。みずからの肉体そのものを亡き親王のよすがとなる形見だと歌う。実になまなましく官能的な、しかし哀切きわまりない述懐であろう。

続集では掲出歌に続いて、「思ひきやありて忘れぬおのが身を君が形見になさむものとは」という同想の一首もならび、みずからの肉体に刻まれた恋人の記憶を抱きしめるようにいとおしみ、悲しむ思いを歌っている。この『和泉式部続集』には百二十首を超える帥宮への哀傷歌が並び、式部の連綿たる帥宮への愛執を見せる。

きのふまで吾が衣手《ころもで》にとりすがり父よ父よと言ひてしものを

橘曙覧　志濃夫廼舎歌集　二十

題詞に「むすめ健女、今《こ》とし四歳になりにければ、やうやう物がたりなどして、たのもしきものに思へりしを、二月十二日より痘瘡《もがさ》をわづらひていとあつしくなりもてゆき、二十一日の暁みまかりたりける嘆きにしづみて」とあるように、幼い三女を痘瘡で亡くした際の挽歌である。天保十五（一八四四）年、時に曙覧三十三歳。

つい昨日までは私の袖にとりすがって、お父さま、お父さまといっていたのに、と歌うわけだから、思いもかけぬ死だったのである。疱瘡は現在では地球上から消滅した急性感染症だが、昔は可愛い盛りの幼児の命をいとも簡単に奪うような悪疫であった。題詞もそうだが、事実に即した簡潔な表現に徹しており、父親の悲痛の思いは抑制されている。それだけに読者の感ずる余情は深い。

『志濃夫廼舎歌集』には『万葉集』の口調や面影が随所に見られ、掲出歌にも「男子《をのこ》名を古日《ふるひ》といふに恋ふる歌」（万葉　巻5・九〇四〜六）の影響があるかと思う。幼い息子を亡くした父親の悲痛な挽歌で、作者は山上憶良に擬せられる。その長歌に「……我《あ》が子古日は　明星《あかぼし》の　明くる朝《あした》は　しきたへの　床《とこ》の辺去らず　立てれども　居《を》れども　共に戯《たはぶ》れ　夕星《ゆふつづ》の　夕になれば　いざ寝よと　手を携《たづさ》はり……」という、父親にまつわりつく幼児の描写がある。曙覧はこれを意識していただろう。

掲出歌の次に「声たてぬ巣守《も》りかなしみねぐらにもかへり憂《う》くする親鴉かな」（二一一）という、守るべき雛のいなくなった巣に帰るのもつらい親鴉を歌った一首がある。むろん、自身の心境を歌っているのである。

家ならば妹が手まかむ草枕旅に臥《こ》やせるこの旅人《たびと》あはれ

聖徳太子　万葉集　巻3・四一五

『万葉集』巻三、挽歌の部の巻頭歌。題詞に「上宮聖徳太子、竹原井《たかはらのゐ》に出遊《い》でます時に、龍田山の死人を見て悲傷《かなし》びて作らす歌一首」とある。竹原井は現在の大阪府柏原市高井田のあたり、大和と難波を結ぶ交通の要衝だった。聖徳太子はこの地に向かうべく龍田越えをしたわけだ。

家にいるなら妻の手枕で寝ているだろうに、旅の山中に息絶えて倒れているこの旅人よ、ああ、というほどの意。行路死者への哀悼鎮魂の歌だが、この原型になったのは『日本書紀』の長歌謡「しなてる　片岡山に　飯《いひ》に飢《ゑ》て　臥《こや》せる　その旅人《たひと》あはれ……」（紀一〇四）だろう。

聖徳太子が奈良北葛城の片岡に行幸した際に山中で餓死に瀕している旅人をあわれんで施しをし、歌いかけた歌だと『日本書紀』本文は伝える。平安時代に成立した『聖徳太子伝暦』では、この歌謡を「夷振歌《ひなぶりのうた》」としているが、太子を讃美する俗謡として広く人々に歌い継がれたとされる（山路平四郎『記紀歌謡評釈』）。掲出歌も、この俗謡の異伝短歌版だったと考えるのがいいだろう。

律令国家成立後、物納税の調《ちょう》は距離に関わりなく現地から大和に直接納める義務があったし、平城京造営に際して農民が大量に駆り出されたこともあり、彼らはしばしば飢えや病で道中に息絶えた。行路死者を歌う万葉歌には故郷、家、妻が待っているだろうに、という表現が必ず詠みこまれる。死者の霊魂が浮遊霊としてさまようことを封じ、帰るべき地を示唆する呪詞だったのではないかと考えられる（拙稿「呪いと鎮めの歌」古代文学講座6『人々のざわめき』所収）。聖徳太子の歌もその条件を満たす。あなたを待つ「妹」のもとに帰れよ、と死者に鎮魂の語りかけをしているのである。

秋風になびく草葉の露よりも消えにし人を何にたとへむ

村上天皇　拾遺和歌集　巻20・一二八六

題詞に「中宮かくれたまひての年の秋、御所の前栽に露のおきたるを風の吹きなびかしけるを御覧じて」とある。村上天皇の中宮は右大臣藤原師輔の娘安子《あんし》。応和四（九六四）年四月、内親王選子《せんし》出産の産褥で命を失う。すでに皇后位にもあったし、十四年前に産んだ兼平親王は皇太子（後の冷泉天皇）だったから、父師輔の政治的威光と相まって後宮では絶大な力をもつ中宮だったろう。

その死を天皇は、秋風に吹かれては消えてゆく露ははかないものであるが、その露よりもなおはかない人の死を何に譬えたらいいのか、と歌い、譬えようもなくあっけなく亡くなった安子を悼む。万葉以来、露は「朝露の消《け》やすき我《あ》が身老いぬともまたをちかへり君をし待たむ」（万葉11・二六八九）というように、人のはかない命を譬える歌ことばとして定着した。掲出歌は、そうした露の類型的発想には収まりきれぬ深い無常感を歌おうとしたようだ。

『栄花物語』（巻第一）によると、中宮の産褥にはあまたの「物の怪」が跋扈、とりわけ大納言藤原元方の怨霊が凄まじく、中宮をとり殺そうとする勢いだったという。元方の娘祐姫は村上天皇の第一皇子を産みながら、母子ともに相次いで死に、父元方も後を追うように死んでいったのだ。

とはいえ、この時天皇は中宮の実の妹登子《とうし》にぞっこんで（いやがる中宮に仲立ちを依頼した）、中宮崩御後の四十九日間だけ禁欲したと『栄花物語』は記す。とすれば、掲出歌を詠んだ秋には登子と逢瀬を重ねていたわけだ。村上天皇のひたる無常感の底には、ほの暗い虚無が見えないでもない。王朝後宮の男女絵巻は不気味でもある。

生まれてはつひに死ぬてふことのみぞ定めなき世に定めありける

平維盛　源平盛衰記　巻第四十

平維盛は武人というより、滅びゆく王朝の公達《きんだち》というほうがふさわしい。安元二（一一七六）年三月、後白河法皇五十歳の算賀の宴で、雅楽「青海波」を舞う十九歳の維盛の美しい姿は多くの宮廷人の目を奪った。「いま見るなかに、ためしもなき」と絶賛、「紅葉賀」巻の光源氏に譬えたのは建礼門院右京太夫である（『建礼門院右京大夫集』）。

掲出歌は、その輝かしい晴れの日から八年後に詠まれた落魄の果ての維盛の辞世。那智の沖合いに漕ぎ出でて金島という小島に上陸、そこに生える松を削り、「平家の嫡々《ちゃくちゃく》正統《しょうとう》、小松内大臣重盛公子息、権亮《ごんのすけ》三位維盛入道……那智の浦にて入水し畢《をはん》ぬ」云々という題詞とともに一首を書きつけた、と『源平盛衰記』は伝える。

この世に生まれて来て、ついに死ぬということだけが、この定めなき無常の世の唯一の確かな定めだ、というのである。当時としては一般的な認識ともいえるが、一首には夢のようにおぼつかない生より確固たる死を潔く選べよ、と武人たるみずからにいい聞かせているような趣がある。

いくたびか源平合戦の指揮を執った維盛は、倶利伽羅峠の戦いに兵力では負けるはずのない木曾義仲軍に惨敗を喫し、平家一門が西国に都落ちする結果を招いた。最後の決戦場、一ノ谷から側近とともに逃亡、高野山で出家後に熊野三山を参詣し、那智の沖で入水自殺をとげた。入水直前の船上で、「ふるさとにいかに松風恨むらむ沈むわが身のゆくへ知らずは」（『源平盛衰記』巻第四十一）という妻宛ての歌を側近に託す。こちらのほうが、滅びゆく平家の公達の辞世として本音に近いものだったように思える。

まだ知らぬ人もありける東路《あづまぢ》にわれも行きてぞ住むべかりける

藤原実頼　後撰和歌集　巻20・一三八六

藤原実頼は関白太政大臣から幼少の円融天皇の摂政にも就き、平安中期以降の藤原北家繁栄の基礎を築いた人物である。当時としては長寿を全うしたが（享年七十一）、長寿ゆえに逆縁に遭うことも少なくなかった。ここで実頼が悼むのは長男敦敏の死である。

題詞に「あつとしが身まかりにけるを、まだ聞かで、東《あづま》より馬を送りて侍りければ」とある。敦敏が亡くなったのは、天暦元（九四七）年、三十六歳の若さである。その死をまだ耳にせず、東国から馬を贈ってきた者がいた。東国にはまだ息子の死を知らぬ人がいる、私も東国に住むべきであった、住んでいれば、この人のように息子の死を知らずにいることもできたのに、と実頼は歌う。

同じ話は『栄花物語』『大鏡』にもあるが、平安末期の『古本説話集』（梅沢本上巻、四六話）がくわしい。題詞を補えば、馬を贈った者は敦敏の元乳母。今は陸奥国守の妻となり、若君の死も知らず彼を懐かしむ書状を添えて馬を贈って来た。それを読んだ実頼は、陸奥ではまだあの子は生きていたのか、という悲痛な返書と掲出歌を届けさせたという。

人の親として深く身にしみる歌である。そのほか、十歳年下の弟師尹《もろただ》への挽歌「遅れゐて鳴くなるよりは葦鶴《あしたづ》のなどて齢《よはひ》を譲らざりけむ」(家集『清慎公集』九一)、娘(村上天皇妃述子《じゅっし》か)への挽歌「桜花のどけかりけり亡き人を恋ふる涙ぞまづは落ちける」(同九四)といった逆縁を嘆く哀切な挽歌を残している。時の権力者も人の世の愛別離苦にはなす術もなかったのである。

思ひつつ寝《ぬ》る夜も逢ふと見えぬかな夢まで人や亡き世なるらむ

木下長嘯子　挙白集　巻第10・二〇四八

この歌は寛永三(一六二七)年三月十五日、娘、三《さん》が十七歳で病死した際の挽歌群の一首。これも逆縁の挽歌ということになる。長嘯子を高く評価する下河辺長流の私撰集『林葉累塵集』にも再録された。七十九首の挽歌とともに三回忌の追悼文「うなゐ松」も掲げられ、娘の臨終のあわれがつぶさに記されている。

「うなゐ松」によれば、前年の春から病床にあった三は死の前日、両親に遺言を語る。とりわけ「我をば煙となし給ふな」という願いは長嘯子の胸を打ったらしく、おまえを塵や灰にはしない、東山霊山の自分の山荘、挙白堂の傍らに埋葬して、父のそばから決して離さないと約束する。それを聞いた翌日、娘は息を引きとる。

掲出歌は、亡きあの子を思いながら寝た夜でも、夢に会うことができないことだ、うつつだけではなく夢のなかでさえあの子は死んでしまったのだろうか、と歌う。小野小町「思ひつつ寝ればや人の見えつらむ夢と知りせば覚めざらましを」（古今　12・五五二）を踏まえていると思うが、夢の呪術も悲嘆にくれる父親にはなんの効験も示してくれない。

一連には「涙こそ老いをば知らね憂きたびにもの忘れせず袖濡らしつつ」（同二〇五二）、「すべて人をいかなるときに偲ばざらむあはれ日また日あはれ夜また夜」（二〇六七）といった老境のリアルな実感をまじえた挽歌がならぶ。戦国武将から隠遁の境涯に入った長嘯子であったが、遅くに誕生した愛娘と暮らす日々を風雅とともに楽しんでいたのだろう。胸を打たれる哀傷歌である。

故里《ふるさと》はありとも君は忘れけりけさは降りつる雨はやまじを

清原元輔　清原元輔集　一一九

題詞に「堀河中宮うせ給ひて、御ぶく過ぐして内侍のまかり出でしが、雨の降り侍りしに」とある。堀河中宮は堀河関白といわれた藤原兼通の娘媓子《こうし》で、円融天皇の中宮。三十三歳の若さで亡くなった。崩御後の服喪期間を過ごし終えて、亡き中宮に仕えていた内侍たちが朝の雨の中を退出するのを元輔は目にしたのである。

帰るべき自分の家はあっても、あなたはそんなものは忘れていたのだった、今朝降る雨の中、後ろ髪引かれる思いをふりきって退出した時の涙は今もやむこともないのだろう、というほどの意味。中宮を哀悼すると同時に、中宮に献身的に近侍し、その日常的な労苦や喜怒哀楽を共有した内侍たちを慰労している歌ともいえる。

一般的には単に内侍と記されている場合、勅旨伝達を担った最上級職、尚侍《ないしのかみ》の下位にある掌侍《ないしのじょう》を指す（『女官通解』）。中宮の身辺に仕え、文書の奏上や決裁を仰ぐ役割を担い、また私的な中宮ブレーンとしての役割も負った。一首に歌われた「君」も自分の生活を忘れてしまうほど中宮媓子に献身的に仕えたものの、崩御によってあっけなく職を解かれたのだ。媓子崩御を機に出家した内侍のいたことも、『小馬命婦集』の、同じく元輔の歌で知られる。

元輔は万葉訓読チーム「梨壺の五人」に加わり、『後撰和歌集』撰者の一人としても知られる歌学者。清少納言は彼が老境に入ってからの子である。官吏としては内務、経理、財政担当の地味な職位の時代が長い。媓子中宮の内侍との交流もその期間に培われたものだろう。

げにもさぞありて別れし時だにも今はと思ふは悲しかりしを

源頼政　源三位頼政集　三三〇

源頼政というと、宮中に夜な夜な跋扈する鵺《ぬえ》を弓で射殺した勇猛な武士のイメージが先立つ（『平家物語』巻第四）。確かに摂津を拠点とする摂津源氏武士団の頭目ではあったが、従三位という高位に昇るのは七十歳を過ぎた晩年で、大内を守る地下《じげ》（清涼殿昇殿を許可されぬ身分）の武士の時期が長い。擡頭する平家一族に対しても隠忍自重の姿勢を保った。

この歌は長い題詞によると、かつて心を通わした女が自分のほうから頼政を離れ、高貴な身分の男の囲われ者になったが、にわかに病死、男から「かかるあはれなる事こそあれ、世の中の常なさは今に始めぬ事なれど心憂くこそ」という知らせが届いた。その返書に添えた歌だという。

お言葉の通り悲しいことです、生前の彼女と別れた時でさえ二度と会えないと思って悲しかったのですから、というのである。恋人を奪った貴人の悲しみに共感してはいるものの、あなたと違って自分は二度にわたる離別の悲しみを味わったのだぞ、とも語っているわけだ。謙虚でありながら、どこか一筋縄では行かぬしたたかさを感じさせる。頼政という人物の片鱗がうかがわれよう。

源平の最初の対決になった平治の乱の際も、頼政は同族源義朝の味方をしようとはせず、最終的には平清盛陣営にまわった。その後、清盛の推挙で従三位に叙せられ、念願の閣僚級の高位に昇ったが、翌年に出家。治承四（一一八〇）年、以仁王の平家討伐の令旨に従い、ついに頼政も挙兵したものの、あえなく敗走、宇治平等院の殿上廊下で自刃して果てた。『平家物語』は、息子の仲綱が清盛の三男宗盛に侮辱されたことを挙兵の原因とする。

思ひ出づる折り焚く柴の夕けぶりむせぶもうれし忘れ形見に

後鳥羽院　新古今和歌集　巻8・八〇一

題詞に「十月ばかり、水無瀬《みなせ》に侍りしころ、前大僧正慈円のもとへ、濡れて時雨の、など申し遣はして、次の年の神無月に、無常の歌あまた詠み遣はし侍りし中に」とある。元久元（一二〇四）年十月、後鳥羽院寵愛の更衣、尾張が亡くなった。同年七月に尾張は院の皇子を出産したばかりだったが、産後の肥立が悪かったのだろう。院は寵妃の死を嘆く多くの哀傷歌を信頼する慈円に二回にわたって送ったのである。

掲出歌は尾張の死後一年経ってからの歌ということになる。今は亡き人のことを思い出す折、折って焚く柴の煙にむせびながら、むせび泣くのも嬉しい、それがあの人の忘れ形見だと思うと、というのである。柴を焚く煙が尾張の忘れ形見だというのは、それが彼女を茶毘《だび》にふした時の煙を思い起こさせるからである。

古代から茶毘の煙を死者の霊魂とする信仰はあった。「こもりくの泊瀬の山の山の間にいさよふ雲は妹《いも》にかもあらむ」(万葉　巻3・四二八)の「雲」は茶毘の煙だが、やはり「うれし」という述懐には意表を衝かれる。戦国時代の連歌師、猪苗代兼載も「無常の歌にうれしといふ文字、人の及ぶべきにあらず」(『兼載自讃歌註』)と感嘆している。

題詞の記す一年前の「濡れて時雨の」の歌とは「何とまた忘れて過ぐる袖の上に濡れて時雨のおどろかすらむ」(『源家長日記』九五)というもので、時雨が忘れていた死者を思い出させる嘆きを歌う。亡き尾張を思うと悲嘆のこみあげる時期だったのだ。この心境から掲出歌のそれは大きく変わっている。歳月の彼方に消えていく死者を、むしろ思い出したいというのだ。その推移する心境を「うれし」という一語が見事に探りあてている。

神風の伊勢の国にもあらましを何しか来けむ君もあらなくに

大伯皇女　万葉集　巻2・一六三

大伯《おおく》皇女（『日本書紀』は大伯・大来と両様表記）は天武天皇の皇女、母は天智天皇皇女の大田皇女である。鸕野讃良《うののさらら》皇女（持統天皇）は大田皇女の実妹。この姉妹は一年きざみで天武の皇子、皇女を産む。最年長は大伯皇女、続いて鸕野讃良皇女が草壁皇子を産み、その翌年、大田皇女が大津皇子を産んだ。

大伯皇女は七歳で母に死なれ、そのためか、十三歳から二十六歳まで伊勢斎王に任ぜられる。掲出歌の題詞に「大津皇子の薨《かむあが》りし後、大伯皇女伊勢の斎宮より京に上る時の御作歌《みうた》二首」とあるように、弟大津が叛逆罪で刑死の直後、斎王の任を解かれ飛鳥浄御原宮《あすかきよみはらのみや》に戻った。時に朱鳥元（六八六）年十一月、父天武天皇崩御の二ケ月後、弟の刑死からは一ヶ月後のことである。

神風（伊勢の枕詞）の伊勢の国にいればよかったものを、なぜ私は都に来てしまったのだろうか、いとおしいおまえもいないというのに、というのである。娘盛りの十三年間を幽閉ともいうべき斎宮に置かれたから、京には頼りとする夫も恋人もいない。もとより母はいない。近親唯一の頼りは二歳年下の弟だけであったはずだ。

大津の叛逆罪は夫帝天武がこだわった長子皇位継承の原則を守るために持統天皇の仕掛けた冤罪だった可能性がきわめて高い。ライバル草壁皇子の恋人を奪い、それ故の叛逆を匂わせる大津皇子関連作（巻2・一〇五〜一〇九）もあるが、事件の犠牲者、貴種大津を浪漫的に描く歌語りだろう。掲出歌は弟大津皇子を私的に弔う場で皇女の誦詠した挽歌だったと考えるのがいいかも知れない。

とどめ置きて誰をあはれと思ふらむ子はまさるらむ子はまさりけり

和泉式部　後拾遺和歌集　巻10・五六八

小式部内侍は和泉式部と最初の夫橘道貞との間の子、母に劣らぬ「うかれ女《め》」だったらしい。藤原道長の三男教通との恋をはじめ数々の浮名を流したが、万寿二（一〇二五）年冬、藤原公成《きんなり》の子を出産、間もなく病死した。まだ若かったろう。題詞に「小式部内侍なくなりて、孫《むまご》どもの侍りけるを見てよみ侍りける」とあるから、新生児以外にも何人かの子が残されたのだ。

実はこの歌には何通りかのテクストがある。代表的なのは、①三句「思ひけむ」（『和泉式部集』四七六）、②下二句「子はまさりけり子はまさるらむ」（『栄花物語』二九二）、③掲出歌。この異同は誤伝や誤写というより、和泉式部自身の推敲か、後人の意図的な添削を思わせる。

①の『和泉式部集』は、この世に留め置いて、あの子は誰を今際のきわに哀れと思っただろうか、きっと彼岸に去った今でも子への思いが勝っているだろう、私も誰よりあの子への思いが勝っているから、というほどの意。寺田透は、この追憶調に和泉式部の年齢相応の真実味があるとするが（『日本詩人選8　和泉式部』）、確かに感情の流れとしては臨終間際の娘の回想から始まるほうが落ち着いた趣がある。

一方、掲出歌の表現であれば、自分のめぐりにいる孫の姿を見ながら、あの世に行ってしまった娘の今現在の胸中に思いを馳せるという強い想像力が働くことになり、三、四句の「らむ」の畳みかけによる韻律と相俟って歌に文学的な奥行きが生じる。②も意味的には変わらぬが、調べは③に劣る。③を決定版とする推敲が和泉式部自身の手で幾たびかなされていたと想像したい。

斧《をの》の柄《え》の朽ちしむかしは遠けれどありしにもあらぬ世をも経《ふ》るかな

式子内親王　新古今和歌集　巻17・一六七二

題詞に「後白河院かくれさせ給ひて後、百首歌に」とある。式子内親王には定数歌や歌合の記録がきわめて少ないから、この「百首歌」の仔細もよくわからない。おそらく、雑の部の「懐旧」「無常」「述懐」といったあたりの題で詠まれたものだろう。内容的には父の崩御を背景に据え、哀傷の思いをモチーフとした一首といえる。

式子内親王の父、後白河院は建久三（一一九二）年三月十三日に崩御した。掲出歌は、その父なき世を嘆いている。斧の柄が朽ちたという故事は遠い昔の話ではあるが、私も今までとは変わり果てた世を生き長らえていることだ、というほどの意。

斧の柄の故事は中国六朝期の怪異譚『述異記』などによるもので、晋の王質という樵が山に入ると童子の姿の仙人が囲碁を打っている、それを見ていたら、斧の柄が朽ちるほどの厖大な時間が流れ、人里は変わり果てていたという話である。院の御所（仙洞）を仙境に比し、その時代を王質が碁を見ていた時になぞらえたとする北村季吟説（『八代集抄』）が当たっているだろう。

建久三年七月に源頼朝が征夷大将軍となり、政権の中枢を完全に鎌倉幕府が掌握する。権謀術数に長けた後白河院の力をもってしても武家擡頭の大潮流は抑えられなかった。とはいえ、内親王には後白河執政になる最後の院政期への懐旧と哀悼の思いは抑えがたかったようだ。新時代への違和感を中国六朝の奇譚に婉曲に託し、父なき世に対する深い歎きと悲しみが一首には優美に流れる。

くやしくぞ久しく人に馴れにける別れもふかく悲しかりける

藤原俊成　長秋草　一七二

『長秋草』は『長秋詠藻』と重複が少ない『俊成家集』後半部の伝本の名であるが、書陵部伝本に「長秋草」と題簽があるのみで、必ずしも書誌学的根拠による命名ではないらしい（『新編国歌大観』第七巻　解説）。とまれ、本集には俊成の老境を知る上で興味深い歌が多い。

掲出歌は妻に死なれた時の哀傷歌である。題詞によると、建久四（一一九三）年二月十三日、定家や成家、建春門院中納言らの母、つまり妻の美福門院加賀が亡くなり、六月尽のころ夕暮の空を仰ぎながらひとり往昔を回想して書きつけた歌だという。加賀とは五十年あまり連れ添い、先立たれた時、俊成は八十歳の高齢に達していた。

長い間、この妻に馴れ親しんだことが悔やまれてならぬ、これほど馴れ親しんでしまうと死別も深い悲しみなのだ、と歌う。実に率直な述懐である。西行にも「悔しきはよしなく人に馴れそめて厭ふ都のしのばれぬべき」（西行法師歌集　四五一）という類似した発想の歌があるが、俊成は、歳月の育んだ、夫婦の気の置けない安らかな関係がかえって悲痛の種になった苦しみを訴える。若き日の馴れそめのころ、恋の歌の項でも触れた、俊成と加賀の恋の贈答歌などを思い浮かべると、読者としても、それこそ深い感慨を禁じえない。

これを冒頭歌とする一連九首には「苔の下とどまる魂《たま》もありといふゆきけむかたはそこと教へよ」(同一八〇)などのように、諦めがたい悔いや嘆きや痛みが連綿と歌われる。のみならず、ここから巻末まで亡き妻への深い愛着を断ち切れぬ歌が並ぶ。これもまた俊成晩年の境地なのであった。

あらざらむ後しのべともいはざりしことの葉のみぞ形見なりける

後藤基政　続後撰和歌集　巻18・一二七三

題詞に「人の亡き後に、ふるき文を見いだしてよめる」とある。王朝や中世の和歌では、「人」は連れ合いや恋人を指すことが多いから、ここもそういう関係にあった女性と解するのがいいかも知れない。生前に交わして、しまいこんでいた恋文の類を見つけだしたわけだ。

もし私が死んでしまったなら、その後に自分を偲んでほしいともあの人は言わなかったけれど、こうして本当に死なれてしまうと、ただ書き残された手紙のことばだけがあの人の唯一の形見となってしまったことだ、と歌う。ともに住むこともなく手紙の往復と逢瀬だけで終わった女性との関係が想像されるのだが、さりげなく抑えた述懐を通して、切ない「もののあはれ」のこもったつぶやきが聞こえる。

「あらざらむ」を用いた歌では、まず和泉式部「あらざらむこの世のほかの思ひ出にいまひとたびの逢ふこともがな」（和泉式部集　七四四）が思い浮かぶ。掲出歌はこの歌を遠く意識していただろうが、祝部成仲の「あらざらむ後しのべとや袖の香を花橘にとどめおきけむ」（新古今　巻8・八四四）という亡き子を悼む一首に内容も表現も似ている。ただし掲出歌のほうが和歌的な装飾を排した、落ち着いた自然な味わいがあるかと思う。

藤原氏に連なる後藤基政は訴訟審理の実務を担う引付衆《ひきつけしゅう》として鎌倉幕府に仕えた武士である。祖父基清は西行の甥。鎌倉将軍、十三世紀の宗尊親王時代の鎌倉歌壇で活躍した。実朝、宗尊親王、北条泰時、仙覚らの歌を含む『東撰和歌六帖』の撰者ともされている。

旅

いづくにか我が宿りせむ高島の勝野の原にこの日暮れなば

高市黒人　万葉集　巻3・二七六

日本人が本格的な旅をするようになるのは、古代の律令国家成立以降のことである。律令国家の権力と財政の基盤は確固たる地方支配にあったから、七世紀後半から八世紀にかけて都と地方諸国とを結ぶ交通網は迅速に整備され、官命を帯びた旅人が陸路海路を往還するようになる。天皇の地方行幸とその従駕も家郷をしばし離れる旅だった。

そうした古代の旅人の体験が歌に残されたが、旅にともなう感情や気分は歌によって典型化、共有化されていく。「羈旅歌」（「羈」は馬の手綱の意）という部立も『万葉集』で確立する。掲出歌も後々まで共有された典型的な感情を歌った羈旅歌。どこで旅宿りをしようか、この高島の勝野の原で日没を迎えてしまったら、と歌う。もう日は暮れかかっているのだ。

勝野の原は現在の湖西線「近江高島」駅の近く、琵琶湖の西岸に広がる湿原地帯。野宿をするには、あまりに茫漠とした風景だったのだろう。主要街道には三十里（十六キロ余）ごとに宿泊可能な駅舎があったが、ここは街道を逸れた辺境、野宿するほかはなかった。一首に表出された感情は、異郷をさすらう、なまなましい不安と孤独感である。

黒人の歌は、持統太上天皇の吉野、三河行幸の従駕歌をはじめ、近江、摂津、越中などの辺境を行く羈旅歌が大半を占める。旅の歌人だったのだ。「婦負《めひ》の野のすすき押しなべ降る雪に宿借る今日し悲しく思ほゆ」（17・四〇一六）という黒人の歌を、越中国守大伴家持の周辺の者が朗詠している。おそらく黒人は旅先や帰京後の宴で、こうした羇旅歌を披露しており、都と地方を往還する官人たちに共感をもって早くから歌いつがれていたようである。

葦辺ゆく鴨の羽がひに霜降りて寒き夕へは大和し思ほゆ　志貴皇子　万葉集　巻1・六四

ここにも万葉羇旅歌が歌った典型的な旅の感情がある。望郷といえばいいだろうか。罪科のために追われるといった特殊事情を除くと、古代人が家郷を長く離れることはなかった。望郷は家郷を遠く離れて初めて生まれる感情。国家の避けがたい官命を帯びた旅は、官人たちに家郷大和をおのずから恋しく思わせたのである。

題詞によれば、掲出歌は慶雲三（七〇六）年の難波宮行幸の時の作。同年九月二十五日から十月十二日まで文武天皇の難波宮行幸があったから（『続日本紀』）、その従駕歌だろう。この時期は太陽暦ではすでに初冬である。そうした季節感を背景に、枯れた葦のほとりを泳ぐ鴨の羽交《はがい》（背に畳んだ左右の羽が交わる所）に霜が降りて寒さのきびしい夕べには、ひとしお大和のことが思われる、と歌う。

鴨の羽交に霜が降りるという表現は細やかな描写である。よく似た表現として「鴨すらも　妻とたぐひて　我が尾には　霜な降りそと　白たへの　羽さし交へて　さ寝《ぬ》とふものを」（巻15・三六二五）という一節が古い挽歌にある。古代から鴨は雌雄の仲睦まじい水鳥とされていた。掲出歌の鴨は、本来は二羽でいるはずのものが、夕べの凍てつくような水に単独で浮いているイメージを喚起する。

行幸に従駕する者たちには、鴨の寒々しい夕べの孤影は旅先のみずからの独り寝の姿でもあったろう。家郷を大づかみに恋しむ「大和し思ほゆ」という望郷の思いは、「山越しの風を時じみ寝《ぬ》る夜落ちず家なる妹《いも》をかけて偲ひつ」（巻1・六）などの私的な妻恋とも重なっており、この感情もまた歌を通して広く共有されていった。

あらたへの藤江の浦に鱸《すずき》釣る海人《あま》とか見らむ旅行く我を

柿本人麻呂　万葉集　巻3・二五二

「柿本朝臣人麻呂の羈旅の歌八首」と題された一連の四首目の歌。八首には難波から播磨のあたりの瀬戸内海を船で東上または西下する歌がならび、掲出歌はいずれともつかない。藤江（現在の兵庫県明石市西部）の浦に鱸を釣る海人と人は見るだろうか、官命を帯びてこの地を旅する私を、というのである。「あらたへ」は荒栲。藤弦の皮などからとった織目の粗い布のことで、「藤」に掛かる枕詞。これも万葉に端を発する、典型的な旅の感情を歌いとった一首。眼目は「海人とか見らむ」であろう。海人は漁師を指すこともあるが、ここでは海辺を漂泊する漁撈民をイメージするのがいい。多く大和を本貫とする官人にとって、彼らは素性の知れぬ異人だった。彼らと見誤られるほど旅にやつれたわが姿を人麻呂はどういう思いで歌ったのか。

掲出歌に先行する歌に「打ち麻《そ》を麻続王《をみのおほきみ》海人なれや伊良虞《いらご》の島の玉藻刈ります」（巻1・二三）という伝誦歌がある。天武天皇の勅勘に触れて因幡国に流された麻続王の悲劇が貴種流離譚としていくつかの異伝を生むが、これはそのひとつ。高貴な人物が卑しい「海人」まがいの海草採りをしている。

そこに王への痛ましい思いがこもるわけである。

佐佐木幸綱は、掲出歌に「やつしの美学」を見るが（『万葉集の〈われ〉』）、確かに一首には「海人」に見誤られることを風雅として楽しむ余裕もうかがえる。背景には官命を帯びた旅人としての強い自信があったろう。掲出歌の詩想には麻続王の流離を歌う一首もあったかと思う。これも歌によって典型化された感情であり、「海人とか見らむ」は海辺をいく万葉の旅人に繰り返し歌われていく。

朝なぎに真梶《まかぢ》漕ぎ出で見つつ来し御津《みつ》の松原波越しに見ゆ

作者未詳　万葉集　巻7・一一八五

『万葉集』巻七には「羈旅作」と題された歌が九十首収録され、羈旅歌群としては集中で最も多い。羈旅は独特の部立名、中国の『文選』では「行旅」である。先述したように「羈」は馬の手綱をいうから、字義通りに解せば、羈旅は馬にまたがっての旅の謂である。街道の駅から駅へと駅馬《はゆま》を乗りついでいく官人の旅から出た語かも知れない。

掲出歌は馬ではなく、船でいく旅の途上の一首。朝凪の海に真梶（左右の梶）を揃えて漕ぎ出し、出港からずっと見続けてきた御津の松原が今は波越しの彼方に見える、と歌う。御津は難波の北端にある港、「大伴の御津」つまり難波津のことである。この船は、古代の航海基地である難波津を漕ぎ出して、航海をはじめたばかりなのだ。

とりたてて目立つ歌でもないようだが、「御津の松原波越しに見ゆ」という表現に注目したい。リアルな映像として描くと、波の上にいきなり松原が現われる。こういう景は「山ごもれる大和」では誰も目にしたことはなかったろう。デフォルメすると、葛飾北斎の描いた「神奈川沖浪裏」（『富嶽十六景』）のようなダイナミックな景さえ連想される。

万葉羇旅歌の大きな手柄は、こうした異郷の景物との遭遇による新たな和歌的な景の発見にあった。折口信夫は、奈良朝以後の律令官人の旅の増加によって叙景歌が飛躍的に拡大されたとするが（『古代研究（国文学篇）』）、掲出歌の表現もまさに和歌に加わった新しい景だったといえる。山部赤人の「田子の浦ゆうち出でて見ればま白にそ富士の高嶺に雪は降りける」（巻3・三一八）が発見した荘厳な富嶽の大景もまた東国への旅がもたらした景だった。

これやこの行くも帰るも別れつつ知るも知らぬも相坂の関

蟬丸　後撰和歌集　巻3・一〇八九

「相坂」は「逢坂」という表記のほうが一般的には親しい。逢坂の関は大化改新に際していち早く設けられた。畿内と東国とを結ぶ二大街道、東海道と東山道（後の中仙道）がともにここを通っており、近江・山城の国境にある軍事的・交通的な要衝であった。当時は、この関が畿内の東限となる境界として認識されていた。

初出『後撰和歌集』よりも、三句目を「別れては」とする『小倉百人一首』のテクストのほうが広く知られているだろう。これがまさしく、東国に下っていく人も都に帰る人もここで幾たびも別れ、知る人も知らぬ人もここで出逢う「相坂の関」なのだ、というほどの意。淀みなく畳みかけて、一気に機智的な掛詞で結ぶ表現と調べが小気味いい。

題詞に「相坂の関に庵室を作りて住み侍りけるに、行き交ふ人を見て」とあるように旅ゆく歌ではないが、この境界の地を通過する当時の旅人たちには感慨深い一首だったろう。交通網は整い始めていたとはいえ、東国は都人にとっては遥かな辺境、ここを出て再び帰って来られる保障はない。だからこそ、帰り着いた者には格別な歓びがあった。重たい別れと出逢いが繰り返された境界なのだ。

蟬丸の来歴は不明だが、さまざまな伝承がある。比較的、蟬丸の時代に近い『俊頼髄脳』では、逢坂の関で往来の人に琴を弾いて物乞いをする人物だと記す。『今昔物語』（本朝世俗部巻第二三）では宇多天皇の皇子に仕えた経歴があり、盲目の琵琶の名手だったと伝える。『無名抄』では「関の明神」として神格化される。境界はしばしば不思議な人物を生んだのである。

都をば霞とともにたちしかど秋風ぞ吹く白河の関　能因　後拾遺和歌集　巻9・五一八

能因法師といえば、旅の歌人。まずはこの一首を思い浮かべる。家集『能因法師集』の掲出歌題詞には、「二年の春、陸奥国にあからさまに下るとて、白河の関に宿りて」とある。これを信ずれば、万寿二（一〇二五）年、能因は「あからさまに＝すぐ戻るつもりで」陸奥に旅立った。三十八歳の時である。

春霞の立つのと同時に都を発って旅に出たが（「たつ」は霞が「立つ」と都を「発つ」の掛詞）、いつのまにか秋風の吹く季節になっていた、この白河の関では、と歌う。都の春霞と白河の関の秋風という対照的な題材を一首に据え、その間に流れる長い漂泊の距離と時間が余情となる。とはいえ、ずいぶん時間のかかった旅である。

そこに疑いを抱き、旅そのものを虚構とする説も早くからあった。陸奥下向の風聞をみずから流し、実際は都周辺に隠れていた、と『袋草紙』は記した。一首を詠むために手のこんだ演出をした能因の数奇者《すきもの》ぶりを賞賛したのだ。「秋風故関に生る」という一節を含む白楽天の五言絶句「出関路」を踏まえたとする説もあり（川村晃生『摂関期和歌史の研究』など）、能因の数奇、風雅の背景には文章《もんじょう》生《しょう》時代からの漢籍の素養が下地になっているようだ。

北の辺境陸奥に踏み入る境界、白河の関は勿来《なこそ》の関、念珠《ねず》が関とともに奥州三関のひとつ、平安初期から歌枕の地として知られる。その後、髪を整え衣装を正して通過する都人もいた、と『袋草紙』は伝える。能因の歌に敬意を表するためだったという。この故事は白河の関を通過した芭蕉も『奥の細道』に書きとどめている。能因の一首は歌枕の地への格別な崇拝を育んでいった。

栽ゑしとき契りやしけん武隈《たけくま》の松をふたたび逢ひ見つるかな

藤原元善　後撰和歌集　巻17・一二四一

この一首に詠まれた「武隈の松」も白河の関と同様、陸奥の歌枕である。現在の宮城県岩沼市二木のあたりの松だと伝えられる。奈良時代初期に鎮守府多賀城が築かれるまで、岩隈には陸奥の国府が置かれていた。能因も「武隈の松はこのたびあともなし千歳を経てやわれは来つらむ」（後拾遺　巻18・一〇四二）と詠んでいる。

やや長い題詞を持つ歌だが、口語で簡潔に記すと以下のようだ。陸奥守に着任の途上、元善は武隈の松が枯れているのを見て、これを植え替えさせる。その後、再び陸奥守に任じられて武隈の松を見ると、かつて自分が植え替えさせた、その松であったという。

これを受けて一首は、かつて枯れているのを植え替えさせた時に固い契りでも交わしたのか、なんとまあ、あの時の武隈の松と再会することになったよ、と歌う。遠国への赴任は命がけだった時代である。まして北の辺境に二度までおもむいたわけだから、武隈の松との一種の奇縁にもいくぶん辟易する感がうかがえる。同時にユーモラスな味わいもにじみ、この歌枕の松を目のあたりにした陸奥国庁の役人たちには愛誦されたことが想像される。

掲出歌は武隈の松を女に見立てているが、「ふるさとへわれは帰りぬ武隈のまつとは誰に告げよとか思ふ」（詞花　巻9・三三八）なども同じ趣向。松を現地で馴れ親しんだ女に見立て、松は誰に「待っていますす」と告げるつもりか、俺ならダメだよ、都の妻のもとに帰るんだから、と歌う。帰京する国守の詠だが、なにやらユーモラス。和歌的な聖地というより親愛感をもたらす歌枕だったようだ。

わが心うつつともなし宇津の山夢にも遠き都恋ふとて

阿仏尼　十六夜日記

『十六夜日記』十月二十五日の条に記された二首中の一首目の歌。弘安二（一二七九）年十月十六日、阿仏尼は京を出立、二十五日には遠江と駿河との境、大井川を越えて駿河の宇津山中に入る。大井川は東海道最大の難所、たまたま水が涸れていて容易に渡れた。しかし、宇津山も貴族暮らしの女の脚で越えるにはつらい峠であったろう。

掲出歌は、宇津山中で阿仏尼一行の道案内人（義理の息子の阿闍梨《あざり》）が知りあいの山伏と出会い、阿仏尼は書簡と歌を京に向かう山伏に託す。その場でしたためたものである。宛先は「やんごとなき所」とぼかすが、後深草院の中宮公子に仕えていた一人娘であったようだ。私の心は、この宇津山中で正気を失い、うつつともつかない、夢の中でさえ遠い都が恋しくて、というほどの意。

この歌を即興で詠んだものの、昔の人の歌をことさらに真似たようで「をかしくも、あはれにも、恥《やさ》しくもおぼゆ」と阿仏尼は日記に記す。昔の人の歌とは「駿河なる宇津の山べのうつつにも夢にも人にあはぬなりけり」という『伊勢物語』九段「東下り」の一首。昔男は宇津山中で遭った修行僧にこの歌を託す。場所も状況も『伊勢物語』と似ていたのだ。阿仏尼は、リアルな峠越えに和歌的素養を当意即妙にこめ、王朝に連なる風雅を匂わせた。

一行は、この四日後に目的地鎌倉に到着する。亡き夫、藤原為家の長男為氏（阿仏尼の子ではない）との間に起きた土地争いの裁定を幕府の六波羅探題に仰ぐためだった。殺伐とした東国への旅だが、日記の文章にも歌にも、過ぎ去った平安王朝の情緒と趣味が濃厚にただよう。

わたの原八十島《やそしま》かけて漕ぎいでぬと人には告げよ海人《あま》の釣船

小野篁　古今和歌集　巻9・四〇七

『小倉百人一首』でよく知られる歌だが、寵愛されていた嵯峨上皇の逆鱗に触れ、配流先に向かう際の一首であることはあまり知られていないようだ。題詞に「隠岐国に流されける時に、舟に乗りて出で立つとて、京なる人のもとにつかはしける」とある。

無数の島々を目あてとして海原に漕ぎ出していった、と京にいる家人には告げてくれ、難波の海に漁り舟を浮かべる漁師どもよ、と歌う。「八十島かけて漕ぎ出でぬ」という表現が、茫漠と果てしない航海のイメージを大づかみに描きだす。この無数の島々を一つずつたどりながら隠岐に向かうのだ。よるべない孤独な思いを、届くはずもない「海人の釣船」に呼びかけるように託す。男の意地と誇りが一首に凜として張りつめ、悲しみの余情は深い。

承和五（八三八）年六月、過去に二度難破した遣唐使船が無事に出航するが、遣唐副使の要職にあった小野篁は乗船を拒否した。乗船の変更をめぐって大使藤原常嗣と争い、さらに遣唐使を揶揄した詩を作ったため嵯峨上皇の勅勘を受けたのである。同年十二月に隠岐に流される。

隠岐では「思ひきや鄙の別れに衰へて海人の縄たき漁《いさ》りせむとは」（古今　巻18・九六一）のように落魄の歌を残しているが、篁の文才を愛した上皇に一年余で召還された。『文徳実録』によれば極官は参議左大弁従三位。官僚、政治家としても切れ者だったようだ。縁者に、小野妹子、小野道風、小野小町などがいる。この時期の才人の例に違わず、さまざまな説話の主人公として伝えられたが、異母妹と悲劇的な恋に落ちる『篁物語』は異色のもの。

年たけてまた越ゆべしと思ひきや命なりけりさやの中山

西行　新古今和歌集　巻10・九八七

「さやの中山」は鈴鹿峠、箱根峠とともに東海道、遠江東部の難所として知られ、同時に歌枕の地でもあった。現在では「小夜《さよ》の中山」と呼ばれているが、掲出歌の表音が本来だったかと思う。「甲斐が嶺《ね》をさやにも見しがけけれなく横ほり臥せるさやの中山」（古今　巻20・一〇九七）という古い出自をうかがわせる東歌《あずまうた》などがその参考になろう。

かくも年老いて再び越えようなどと思ったろうか、思いもしなかった、まことに命あってのことだ、さやの中山よ、というのである。わが身におのずから流れた長い時間をかえりみて、独りつぶやくような深く静かな感慨がこもる。三句の終止、四句の終止の後にそれぞれ生ずるわずかな間《ま》が、この感慨をゆるぎなく支えている。

「東の方へまかりけるに、よみ侍りける」とだけ題詞にある。歌意からすれば、生涯二度にわたるとされる陸奥下向の二度目の旅だろう。治承四（一一八〇）年十二月に平重衡の焼討ちに遭った東大寺を復興するための砂金勧進の旅である。目的地は陸奥藤原氏の本拠地平泉。『吾妻鏡』文治二（一一八六）年八月十五日の条に、鎌倉鶴ヶ岡八幡で源頼朝と会い、一夜、営中で語り合ったとある。砂金勧進の旅である旨も語られる。時に西行、六十九歳。

最初の陸奥平泉への旅は久安三（一一四七）年秋と考えられるが（窪田章一郎『西行の研究』）、出家して数年、まだ、三十歳の壮年だった。それから決して穏やかではない四十年の歳月が流れ、古稀を迎えようとする老人が辺境の険しい峠を再び越えている。そうした文脈を添えて読めば、「命なりけり」の感慨はまさに命そのものの感慨だったと思える。

急がずは濡れざらましを旅人のあとより晴るる野路の村雨　大田道灌　暮景集　一二五

急がなければ濡れることもなかったのに、旅人が通り過ぎた後から晴れていく野道のにわか雨よ、と歌う。このテクストだけを読むと、雨宿りもせず驟雨に濡れながら旅路を急いだ人の姿を、その後の雨上がりの晴れわたった野の道で思うという一首になる。濡れそぼつ旅人の孤影と晴天という二景がひなびた野道に重なる叙景歌として読んでみると、なかなかおもしろい味わいがある。

しかし、この歌にはそういう意図はなかったらしい。題詞に「勝元朝臣《あそん》、短慮不成功と昌黎《しやうれい》の作りし詞など消息《せうそこ》のはしに書付けて、此心ばへを問ひ給ひしかば」とある。応仁の乱における東軍の将、細川勝元の道灌宛ての書簡に昌黎（中唐の詩人、韓愈）の詩の一節「短慮、功は成らず」が書かれていた。その趣向やいかに、という問いに答えた二首中の一首が掲出歌なのだ。

もう一首は「人知れぬ心のあだに急ぎきて疲れてともに臥芝の露」というもので、煩悩のままに生き急ぐと山野の倒れた芝（柴）の上に煩悩の心とともに身も露と消えるだろう、というのだ。二首とも単に旅を急ぐ者のあわれを歌っているようにも見え、含蓄は深い。

『暮景集』三十六首は江戸城築城で名高い武将、大田道灌の家集とされていたが、そうではないという説も提起されている（『新編国歌大観』第四巻　解説）。掲出歌は教訓を寓意にこめた譬喩歌だが、羈旅歌や叙景歌としても読める。「武州江戸歌合」などを残し、歌道に力を注いだ武人道灌の見識と素養を考えると、こういう凝った趣向の作者に擬せられても不思議はないように思える。

草枕旅ゆく背なが丸寝《まるね》せば家《いは》なるわれは紐解かず寝む

椋橋部刀自売《くらはしべのとじめ》　万葉集　巻20・四四一六

『万葉集』巻二十には、防人とその妻の歌が採録されている。天平勝宝七（七五五）年二月、本国に帰還した防人に代わって、新たに筑紫に出立した防人とその妻の歌八十四首である。新任の兵部少輔、大伴家持が同年二月六日から二十九日にかけて東国諸国から採録、詠進歌の半数は「拙劣歌」として捨てられた。

掲出歌の作者、椋橋部刀自売は武蔵国防人の妻。万葉的部立からいえば、羈旅歌とセットの悲別歌、つまり旅による別れの悲しみをテーマとした歌である。防人の任地へ向かって長い旅路を行く夫、あの人が道中を着のみ着のままで寝るのだったら、家に残された私も衣の下紐を解かずに寝よう、というのだ。「丸寝《まろね》」が「麻流祢《まるね》」、「家《いへ》」が「伊波《いは》」と表記されているが、東国特有の訛りである。

東国の防人関係歌のみならず、羈旅歌や旅する夫を思う歌には衣の下紐が解けたり、古びたりすることを題材とするものが多い。「旅にても喪なくはや来《こ》と我妹子《わぎもこ》が結びし紐はなれにけるかも」（巻15

・三七一七）は旅先で下紐が古びて脆くなったことを嘆き、「白たへの君が下紐我さへに今日結びてな逢はむ日のため」（巻12・三一八一）は旅立つ恋人の下紐を女が結ぶ歌である。

愛し合う男女は別れに際して、旅立ちであろうが、後朝《きぬぎぬ》であろうが、互いに下紐を結び合い、再会まで決して解かぬという霊魂呪術に基づく儀礼的な慣習があった。この防人の妻もそれを踏まえているわけである。むろん夫に貞節を誓う意味合いも含まれていたろう。

忍べどもこの別れ路を思ふにはからくれなゐの涙こそ降れ

成尋阿闍梨母《じゃうじんあざりのはは》　千載和歌集　巻7・四九一

これも旅中の歌ではなく、旅立ちの別れを悲しむ歌。題詞に「成尋法師入唐し侍りける時よみ侍りける」とあるが、正確には「入宋」である。出典となる『成尋阿闍梨母集』によれば、宋に渡ることになった作者の次男、成尋との離別の歌として、延久三（一〇七二）年一月三十日に詠んだ一連七首の冒頭歌ということになる。

いくらこらえようとしても、やがて来る息子との別れを思うにつけて、深いくれない色の血の涙が降るように流れることだ、と歌う。血の涙は和歌にはしばしば詠まれるが、当時、八十歳を超えていた作者の年齢とその境遇を思うと、常套的な和歌的修辞だけとも思えぬ真実味がある。

作者は早くに夫を亡くし、二人の息子を育て上げた。兄は仁和寺の律師、弟成尋は岩倉大雲寺の阿闍梨、ともに高位の僧となっていた。とりわけ成尋は自慢の息子で、老母を大雲寺近隣に住まわせるなど、孝養も尽くしていた。老母も後世の極楽往生まで含め、成尋を頼りきっていたようだ。折しも、親しく仕えた後冷泉天皇が病み、成尋はその平癒の加持祈禱を行うも天皇は崩御、彼はみずからの非力を思い、中国五台山の巡礼に出る決意をする。

掲出歌が詠まれた二日後、成尋は京を出立する。『成尋阿闍梨母集』は、その悲しみの日々を、散文と百七十五首の歌とで連綿と綴っている。「極楽にかならず参り逢へ＝極楽に必ず参って、私と再会してほしい」という息子の遺言のような別れの言葉をよすがに、作者は長寿を全うしたのだろう。成尋が帰郷したという記録はない。

夏の日もむすべば薄き氷にて暑さややがてさめが井の水

一条兼良　藤河の記　文中歌一二

吉田兼好は「ありたきことは、まことしき文の道、作文、和歌、管絃の道、また有職《いうそく》に、公事《くじ》のかた、人の鏡ならんこそ、いみじかるべけれ」（『徒然草』一段）と彼の理想とする教養人の姿を描いているが、「日本無双の才人」と呼ばれた博学多才の貴族一条兼良こそ、まさに兼好の理想とする人物といえるだろう。応仁の乱の時代を生き、戦国の世の始まりをいち早く見抜いた人でもある。

『藤河の記』は、応仁元（一四六七）年、応仁の乱勃発によって京の一条室町の邸宅と書庫の桃花坊文庫を焼失し、関白の身でありながら興福寺大乗院門跡の息子を頼って奈良に移住（疎開）した後に記された紀行歌文集である。文明五（一四七三）年五月、奈良を出て美濃国鏡嶋《かがしま》長寧院にいる娘を訪ねる旅が題材となった。兼良、七十二歳の時である。

掲出歌は美濃への往路にある近江醒井《さめがい》に流れる清水を題材とする。夏の日ざしの中で掬《すく》うと、薄い氷のように冷たく、暑さがたちまち冷めてしまう醒井の水よ、と歌う。「日も」は「紐」の掛詞であり、「結ぶ」「掬《むす》ぶ」の縁語。そこから連想的に「氷」を「結ぶ」の縁語として置き、「醒《さめ》」に「冷《さめ》」を掛けるなど、繊細な技巧が尽くされる。みずからの和歌の薀蓄を自在に楽しむ趣がうかがえる。

醒井は近江の歌枕の地であるが、こうした伝統的歌枕の地をまめに訪ねては、技巧を凝らした歌文が『藤河の記』には綴られている。戦国の世の始まりは、まだ消え残っていた王朝的風雅の灯の終焉を意味するが、和漢に通じた教養人、兼良にはその暗闇の深さも見えていたのだろう。この旅の後、兼良は出家する。

わがおもふ人に見せばやもろともにすみだ川原の夕暮れの空

藤原俊成　新勅撰和歌集　巻8・五一九

題詞に「久安百首歌たてまつりける旅の歌」とある。「久安百首」は『詞花和歌集』編纂資料のために崇徳院の命によって詠進された百首歌。久安六（一一五〇）年に成った。掲出歌の題は「羇旅五」首。当時、俊成は丹後守、最初の名の顕広で詠進している。まだ、その独自の歌境の黎明期にあるころといっていい。

私の思う人と連れ添って、見せたいものだ、旅路で出会った、この美しい角太川原の夕暮れの空を、というのである。旅先でひとり見る美しい景色を恋人や妻に見せたいという発想は羇旅歌に古くからある。「伊勢の海の沖つ白波花にもが包みて妹が家づとにせむ」（万葉　巻3・三〇六）では、清らかな伊勢の海の白波が花だったらいい、それを妻への土産に持ち帰りたいと歌う。

直接的には、能因の「心あらむ人に見せばや津の国の難波わたりの春の景色を」（後拾遺　巻1・四三）といった歌が掲出歌の源流にあると考えられる。さらに、『伊勢物語』九段、東下りの物語で昔男が都の恋人を偲びながら歌う「名にし負はばいざ言問はむ都鳥わがおもふ人はありやなしやと」のイメージが掲出歌には重なるはずである。

掲出歌の「すみだ川原」は大和と紀伊の国境の歌枕、待乳山（真土山）山麓を流れる紀ノ川の角太川原を指すが、音韻的には東国武蔵の歌枕、隅田川を喚起する。東下りの果てに隅田川に辿りついた昔男の漂泊の心境もおのずから連想させよう。昔男の東下りのイメージと重ねながら、旅の孤独が切ない妻恋をかき立てるという趣向である。

雑歌

小夜ふけて宿もる犬のこゑたかし村しづかなる月の遠方《をちかた》

伏見院　玉葉和歌集　巻15・二一六二

夜はふけて家を守る犬の吠え声だけが高く聞こえ、村には静まりかえった月光の照る遠い彼方の情景である、というほどの意。平明な表現にふさわしい、どこか懐かしさをともなった人里の夜景を描いている。

続いて「夜路といふことを」と題され「ふけぬるか過ぎ行く宿もしづまりて月の夜道にあふ人もなし」という同じく伏見院の歌が並ぶ。ともに寝静まった夜の静寂のなかに安らかな人の営みを感じさせる気息がただよい、その気息に呼応した心が無理なく歌になっているような感がある。掲出歌では「宿もる犬のこゑ」、つまり番犬の鳴き声が生活のぬくもりをひとしお感じさせてくれる。

同集に「里びたる犬のこゑにぞ知られける竹より奥の人の家居は」（巻16・二二五七）という、やはり人里の犬を詠みこんだ定家の歌がある。これは、匂宮がライバル薫大将の恋人浮舟と禁断の恋に落ち、宇治浮舟邸を不意に訪ねて人家の犬に吠え立てられる『源氏物語』の場面（五一帖「浮舟」）をインターテクストにしたらしい。犬の吠え声は匂宮の心の不安や焦燥、恐れのざわめきだろう。題材の類似した二首ではあるが、発想も歌境もまったく異なっている。

伏見院は後深草天皇の第二皇子。祖父の後嵯峨天皇が皇位をまだ若い後深草（持明院統）から弟の亀山（大覚寺統）に譲らせたが、それが禍根となり南北朝争乱を招く。伏見院の生涯にも両党の対立は影を落とし、そこに彼の傾倒する新興京極派と主流二条派との和歌流派・党派の争いまで生臭くからんだ。『玉葉和歌集』は伏見院勅撰、為兼撰進という京極和歌色の濃厚なアンソロジーである。

九月《ながつき》のその初雁の使ひにも思ふこころは聞こえ来ぬかも

桜井王　万葉集　巻8・一六一四

九月に飛来する、その初雁を使いにしてでも、私を思ってくれるあなたの気持ちが聞こえて来ぬものか、というほどの意。「来ぬかも」は詠嘆ではなく、「もみぢ葉の過ぎまく惜しみ思ふどち遊ぶ今夜《こよひ》は明けずもあらぬか」（同一五九一）の傍線部と同じく、願望のニュアンスを帯びる。

歌意としては遠隔地の恋人に求愛する相聞である。現に巻八では「秋相聞」の部立に置かれるが、歌の真意を考えると、恋愛や友情を主題とした相聞とは趣を異にしている。この一首は奈良平城京の聖武天皇に贈った歌なのだが、天皇の返歌を見ると、桜井王の作意が明らかになる。「大の浦のその長浜に寄する波ゆたけき君を思ふこのころ」（一六一五）というのが桜井王への天皇の返歌である。

大の浦の、その長い浜にゆったりと打ち寄せる波のように、ゆったりと大らかなあなたを思うこのごろですよ、というほどの意。せっかちに求愛するあなたではなく、私を泰然と構えて信頼してくれるあなたが好きだ、という含みがあろう。頼りの途絶えがちな恋人に不安を募らせる旅先の男と、京にいる女との相聞往来に仕立てているわけだ。

この時、桜井王は遠江国守。おそらく県召《あがためし》の除目《じもく》（地方官の人事異動）のある九月になっても自分の異動辞令はなかったのだろう。王は遠江の浜（大の浦か）の海産物を天皇に献上、そこに掲出歌を添え、異動を直訴したのだ。二人はともに天武天皇の曾孫、王は天皇側近の「風流侍従」ともいわれた人物だから、こういう芸当ができたのだろう。天皇は在京の恋人に扮して、まあ、そんなに焦るな、ゆったりと時機を待て、と粋にいなしたという次第である。

ふしづけしおどろの下にすむはえの心をさなき身をいかにせむ

源俊頼　散木奇歌集　巻9・一四三八

柴漬《ふしづ》けされた棘《おどろ》の下に棲む鮠のように、すなわち公卿のきびしい世界に住みながらも、心づかいは未熟、脇の甘いままに日々を過ごすわが身をどうしたものか、というほどの意。漁獲用に柴をたばねて水中につけた道具を「柴漬け」という。茨など棘のある低木が「おどろ」だが、掲出歌ではたばねられた柴を指し、公卿を意味する「棘路《おどろのみち》」に掛けている。

「恨躬恥運雑歌百首」と題された一連中の歌。躬（身）を恨み、運を恥じるという題意である。一連には「堪へがたの世や」「おちぶれて」「恨めしき世」「うれしさは夢ばかりだになけれども」「世の中にしづむ」「世の中を妬《ねた》く」といった呪詛とも自虐ともいえるような苦しげな述懐が頻出する。

こうした呪詛や自虐の原因は官僚社会で官途に恵まれなかった俊頼の実人生にある。父経信は当代きっての文化人、「三舟（詩歌管絃）の才」を謳われ、正二位大宰府権帥まで昇る。しかし、その三男の俊頼は従四位上にとどまり、木工頭《もくのかみ》を最後に散位（官位のみの無職）のまま没した。若き日は篳《ひち》篥《りき》の楽人として出仕、和歌はむろんのこと、父に劣らぬ才ある人物だったが（公用漢文の作文は不得手だったらしい)、官途ははかばかしくない。なぜ自分は出世できないのか。掲出歌では、その原因を、きびしい官僚社会を如才なく渡れぬおのれの未熟にあると歌う。

「七十《ななそぢ》にみちぬる潮の浜ひさぎ久しく世にも埋もれぬるかな」(金葉　巻10・六六五)という俊頼最晩年の一首がある。『散木奇歌集』の題詞によると、彼が単独で撰進した『金葉和歌集』奥付に書きつけ、天皇にこの歌を「御覧じあはれべとおぼしくて」云々と訴えたという。こういう身も蓋もなく、痛ましい述懐もまた王朝歌人の一面である。

はかなくも思ひけるかなちもなくて博士の家の乳母《めのと》せむとは

大江匡衡　後拾遺和歌集　巻20・一二一七

題詞に「乳母せんとてまうできたりける女の、乳《ち》の細う侍りければ詠み侍りける」とある。大江匡衡と妻赤染衛門との間に子が生まれ、乳母として雇った女の乳の出が悪かったようだ。これを題材として歌ったというもの。

まったく浅はかな考えでいるものだ、乳《ち》(「知《ち》」と掛ける)もろくに出せないくせに文章博士の家の乳母をしようとは、というほどの意。文章博士たる匡衡は腹立たしい思いでいるわけなのだが、そこを機智にまぶしていくぶん飄軽に妻に歌ってみせたと考えるのがいい。おそらく乳児は彼の跡を継ぐべき大事な男の子(挙周《たかちか》)だったろう。

『枕草子』一二二段「すさまじき物」の八番目に、文章博士の家に立て続けに娘の生まれることが挙げられている。文章博士は律令国家運営の基本、詩文・歴史の漢籍に関する文章道の教官であり、その職は男子に限り、しかも息子の世襲するケースが多かったからである。その文章博士を大江家は代々担って来た。掲出歌にあらわな知的なプライドはそうしたあたりからも来るものであろう。

これに対して妻の赤染衛門は「さもあらばあれ大和心し賢くはほそぢにつけてあらすばかりぞ」（一二一八）と応ずる。まあ、いいじゃないですか、大和心さえ賢くあるなら、乳や知が足りなくとも博士の家に置きましょう、というほどの意。中国伝来の知識をいう「知」に対して、日本的な素養の精髄である「大和心」をぶつけたのである。軽妙な機智で夫の堅苦しい腹立ちを受け流して、泰然たる余裕を見せる。彼女を「ゆゑゆゑし」き（風格ある）歌よみと記した紫式部の評価（『紫式部日記』）もうなずける。

世の中は常にもがもな渚こぐあまの小舟《をぶね》の綱手かなしも　源実朝　金槐和歌集　五七二

どうか、この世はいつまでも変わらず平安であってほしいものだ、渚を漕ぐ小舟の上で「綱手＝引綱」をあやつる漁師の姿が切なく、またいとおしい、というほどの意。『新勅撰和歌集』では羈旅に分類されているが、地元の鎌倉海岸の景なのか、伊豆などの旅先のそれなのか定かではない。

「綱手」は磯や川を舟がわたる時、舟をあやつるために陸上と繋いだ綱のことらしいが、漁師の営みをつぶさに描くイメージとして、すでに万葉にも歌われている。本歌のひとつとされる「陸奥《みちのく》はいづくはあれど塩竈《しほがま》の浦こぐ舟の綱手かなしも」（古今　巻20・一〇八八）では、天ざかる鄙《ひな》の地、陸奥のもの哀しい生活や風土を想わせる。実朝の一首の「綱手」やそれをあやつる小舟の漁師が同様のもの哀しさを誘うものかといえば、そうではないだろう。

深い祈りのような上句と情景を描く下句の関係について、そこに脈絡を認めず、歌としては習作レベルに過ぎないとする高崎正秀説（「金槐集」『日本古典鑑賞講座　第七巻』）のような極端な見解もあるが、やはり一首には上下相互の照応関係をおのずから感じさせるものがある。

実朝の歌には「炭を焼く人の心もあはれなりさても此の世を過ぐるならひは」（三八九）、「いとほしや見るに涙もとどまらず親もなき子の母を尋ぬる」（七一七）といった、衆庶の生活や人情に注ぐ暖かいまなざしがある。私は掲出歌からそうしたまなざしを感じる。実朝は実権を持たぬとはいえ、鎌倉幕府の総領であり、国の治者であった。掲出歌には、綱手をあやつる漁師の営みを慈しみ、彼らのために平安の世の持続を祈る治者の心がうかがえる。

物みなは新《あら》たしき良しただしくも人は古りゆくよろしかるべし

作者未詳　万葉集　巻10・一八八五

万物は新しくなっていくのが良い、ただし人間は年齢を重ね古びてゆくのがよろしいにちがいない、というのである。「ただしくも」は奇異な語感だが、副詞「ただし」を強めた「ただしく」に詠嘆の「も」のついた語。

季節歌巻、巻十春雑歌の末尾あたりに「旧《ふ》りゆくことを嘆く」と題されて、「冬過ぎて春の来れば年月は新たなれども人は古りゆく」（一八八四）とともに置かれる。一八八四番歌は題意にかなうが、掲出歌はむしろ「旧りゆくことを寿ぐ」歌になる。二首の直前に「野遊」と題された一連があり、民間習俗の若菜摘みを模した奈良朝貴族の野外宴席歌と思われるから、二首も春の宴で交わされた歌と考えるのがいいだろう。万物新生の春に対して老いゆく一方の身を嘆く前歌に、いやいやそうでもない、と返した歌ではないだろうか。

契沖の『万葉代匠記』（初稿本・精選本）は、『尚書（書教）』にある「人惟求旧。器非求旧。惟新」（「盤庚」上）の意を詠んだものではないかとする。人は老練な者がもっぱら必要だが、道具は新しいものに限る、という意。老臣の深い経験と新しい道具の力があれば国家は安泰だというようなことだろうか。なるほど、そうなのかも知れないが、この一首は含蓄の幅がなかなか広い。

世の中の事物が新しく改まるのは良いことだ、しかし、長生きしなければ、変遷の具体相はわからない、それがわからなければ新しいものの価値の良し悪《あ》しもわからない、という風に私は読んでみる。そう考えてみると、人が古びるのも好ましいことといえよう。奈良朝の老若の官人たちが、庭先の梅花でも眺めながら歌い交わす場面が浮かぶ。

かにかくにうとくぞ人の成りにけり貧しきばかり悲しきはなし

木下幸文　亮々《さやさや》遺稿《ゐかう》　一五二八

王朝や中世和歌には、まともな題として貧困や生活苦が取りあげられることはなかったが、江戸時代になると、貧をめぐる和歌は目につくようになる。貧困は下級武士などの知的階層にも蔓延していたから、狂歌・俳諧はもとより近世の多彩な表現ジャンルの恰好のテーマとなっていく。

和歌の場合、寛永版本の普及などを通して『万葉集』が広く読まれるようになると、山上憶良「貧窮問答歌」が貧乏歌の先蹤として異様な存在感を放ったものと想像される。木下幸文もその影響を受けた一人で、憶良に倣った「貧窮百首」を、文化四（一八〇七）年大晦日から翌年正月三日までの四日間で一気呵成に詠んだ。掲出歌はその一首。

なにかにつけて人との関係が疎遠になってしまった、貧ほど悲しいことはない、というのだ。率直な述懐は現代のわれわれも十分にうなずける。「ただひとり吾より貧しき友なりき金のことにて交《まじはり》絶てり」（土屋文明『往還集』）といった近代短歌のリアリズムに近い感じがある。貧ゆえに人間関係が壊れてしまうのは、昔も今も変わらないが、わが身の貧困を正面から歌う率直にこの人の面目がある。

幸文は備中国浅口郡長尾村（現、倉敷市）の農家出身、少年時代に京都に出て和歌を学び、「貧窮百首」のころは香川景樹門下にあった。熊谷直好と並び桂園派の双璧とされたが、暮らしは貧しかった。一連には「かくしのみわびむと知らば故郷の吉備の山田も作りてましを」「終《つひ》にはと思ふ心のなかりせばけふの悔しさ生きてあられめや」といった悔恨や悲憤を歌ったものが多い。とりあえず名は成したが、貧困は四十三歳の末期の日までついてまわったようだ。

軒近き隣にだにも訪はれねば貧ほどふかき隠家《かくれが》はなし

無銭法師　新撰狂歌集　巻上　八七

木下幸文のシリアスな味わいの貧困述懐歌とほぼ同じ境遇を題材とするが、こちらはかなり斜にかまえた歌いぶり。狂体の和歌、即ち狂歌としては当然で、狂歌が貧困貧乏を俎上にのせると、脱力的な苦笑を誘うばかりではなく、辛辣な揶揄やブラックユーモアの趣を帯びる。

題詞に「貧しき人の親しきにもうとまれければ、よみてつかはしける」とあるから、まさに木下幸文と同じ境遇にある人に贈ったという体裁を取る。軒を接するほど近い隣人にさえ訪問されないわけだから、貧乏ほど俗世間を離れた深い隠遁の庵はない、俺や君のような貧乏生活も捨てたものじゃないよ、というのだ。落語の下げのような屁理屈がおかしさを誘う。貧を洒落のめしているのだ。作者の無銭法師はもちろん戯作者の名。平安六歌仙のひとり、喜撰法師のもじりと思われる。

喜撰法師といえば、ただちに「わが庵《いほ》は都の辰巳《たつみ》しかぞ住む世をうぢ山と人はいふなり」（古今巻18・九八三）を思い起こすが、掲出歌はこの伝説的な隠遁歌を揶揄しているのだろう。ことさら宇治山の奥深くなんぞに隠れ棲まずとも、貧乏でさえあれば、都のあばら家が誰ひとり近寄らぬ理想的な草庵になるじゃないか、というのだ。

初句を「壁ひとへ」とする少異歌もあり、例えば、近世初期狂歌の集大成『古今夷曲集《ここんいきょくしゅう》』などにも中務丞基佐（室町後期の連歌師桜井基佐）作として載るが、無銭法師が基佐と同一人物かどうかはわからない。古代の童謡《わざうた》や中世以来の落首のように巷間に広まり、少異歌や類想歌が出まわったと考えられる。ほぼ同じ題材を歌いながら、和歌と狂歌との極端な発想の違いがおもしろい。

大江戸に事しあるらし土煙《つちけむり》足掻《あがき》に蹴立て早馬《はゆま》下れり

大倉鷲夫　鷲夫歌集

題詞に「見早馬使之来驚作歌」とある。早馬に乗った使者が来るを目の当たりにし、驚いて作ったという。江戸後期の文化六（一八〇九）年早春、土佐高知城下で大倉鷲夫が目撃した情景である。大江戸（江戸鍛冶橋の土佐藩邸）に何か変事が起こったらしい、土煙をひづめで蹴立てて高知城下を早馬の使いが下ってきた、というのだ。「大江戸」という重い語を初句に据え、「土煙」「足掻」「蹴立て」「早馬」といった臨場感のある語を畳みかけた表現が緊迫した場面を生き生きととらえている。五七調の歯切れのいい韻律が、その生動感をおのずからかもしだしていることはいうまでもない。

この早馬使いは第十代土佐藩主、山内豊興《とよおき》の危篤を伝えるものだったのである。その後、間もなく豊興は亡くなる。数え齢でわずか十七歳。その際も早馬は城下に下ってきて、大倉鷲夫は「万代《よろづよ》と思ひし君は鶏《とり》が鳴く東《あづま》の空の雲に立ち立つ」（鷲夫歌集）という挽歌を残している。様式的な意味での万葉調を踏襲してはいるが、臨場感や生動感を歌いとどめた点で掲出歌は模倣するだけの万葉ぶりを超えている。

掲出歌テクストに使った『近世万葉調短歌集成　第二巻』（植松寿樹編）の解説によれば、大倉鷲夫は安永九（一七八〇）年、高知城下通町の格式ある商家に生まれ、後に大阪に出て人相観などをして生計を立てたようだ。土佐には長い万葉学の伝統があり、鷲夫は大著『万葉集古義』の著者、鹿持雅澄とも同時代人として交流があった。鷲夫の万葉調にはこうした下地が備わっており、掲出歌はそのおのずからの流露といえる。近代短歌のかすかな鼓動が感じられる一首。

大江山いくのの道の遠ければまだふみもみず天の橋立

小式部内侍　金葉和歌集　巻9・五五〇

題詞によると、掲出歌の作歌事情はこうである。小式部内侍の母和泉式部が夫とともに丹後に下向したころに都で歌合があった。小式部も参加することになったが、藤原定頼が彼女の局《つぼね》（上東門院後宮か）に立ち寄り、歌合の出詠歌はどうするつもりか、丹後の母親に遣った使者は（代作歌を携えて）戻って来たのか、さぞ不安だろうよ、と揶揄したのを小式部が引きとめ、掲出歌を歌ったという。

母も越えた大江山に行く生野の道は遠いですから、まだ天橋立にも足を踏み入れて見たことはありませんし、もちろん母の文も見てはおりません、というほどの意。「生」と「行く」、「踏み」と「文」を掛け、丹後ゆかりの三つの地名を詠みこんだ当意即妙の機智の冴えわたった一首である。

『金葉和歌集』撰者源俊頼の歌論『俊頼髄脳』は、この一件にディテールを加え、揶揄した定頼は小式部の敏速な応酬にとまどい、答歌を迫る彼女に摑まれた袖をふり払って逃げた、というかなり滑稽な話にしている。やや遅れて書かれた『袋草子』も定頼が袖をふり払った部分を踏襲する。この歌をことに好み、『小倉百人一首』をはじめとする自著に撰び入れた定家も歌論書『顕註密勘』にこの話を匂わせながら、「かたちすがた世にすぐれて」云々と絶賛している。

とはいえ、『金葉和歌集』は小式部内侍の時代から百年後に編集されており、この通りの事実があったかどうか。和歌の大御所藤原公任の長子でもあり、当代の才人貴公子、藤原定頼が彼女の引き立て役になっているのも話としてはおもしろい。こういう秀歌は、いかにもそれを際立たせる説話や物語を生み出すことが多かったのである。

狭井河《さゐかは》よ雲立ちわたり畝傍山《うねびやま》木の葉さやぎぬ風吹かむとす

伊須気余理比売《いすけよりひめ》　古事記歌謡20

『古事記』神武記の歌謡である。神武天皇の后、伊須気余理比売が歌ったと本文は記すが、物語に即して既存の歌を転用したか、または述作者の創作と考えられる。狭井河のあたりから雲が立ちわたってきて、畝傍山の木の葉がさやいだ、今まさに嵐が吹こうとしている、というほどの意。

雲の動きと木の葉のさやぎを叙し、やがて強風が吹くのを予測するという単純明快な論理で貫かれた叙景表現だが、神武記の物語では寓意をはらむ歌とされる。神武天皇の崩御後、神武と日向国の女との間に生まれた当芸志美美《たぎしみみ》が父の后伊須気余理比売を妻にし、その三人の皇子を殺そうとする。三人の末弟、神沼河耳《かむぬなかはみみ》は二代天皇綏靖となる皇子だから、庶兄に過ぎぬ当芸志美美は叛逆者である。

この叛逆計画を母が皇子たちに歌で伝えようとした、と本文は記す。大和三輪の狭井は伊須気余理比売の父祖の地、畝傍はかつて神武天皇の皇居であり、その御陵がある地。当芸志美美は妻の本拠地狭井にいたはずだから、この地から不穏な雲が皇子たちのいる畝傍のあたりを覆い、やがて激しい風、つまり殺戮をもたらすだろうと警告する歌と読める。

古代人は自然の営みを、土地の神々や精霊の意思の現われとして解そうとした。雲の急な動きや木の葉のさやぎは、自然の営みであると同時に、何か不穏の兆しを表す景でもある。神武記の文脈に即して読めば、掲出歌は皇子たちを殺そうとする当芸志美美の叛逆を語っていることになる。狭井の地には美輪の大物主神、畝傍には神武天皇霊が鎮もる。この両神の警告が掲出歌の隠された真意ということになる。古代の叙景表現はこういう寓喩性をもつ場合が多い。

軒端よりふりさけみれば富士のねはあまり俄にたてりけるかな

安藤野雁《ぬかり》　野雁集

軒端からふり向いて遥か彼方を仰ぎ見ると、富士の嶺はあまりにも唐突に立っていたのだった、と歌う。軒端に出て何げなく背後の空を見上げた時、ぬっという感じで巨大な富嶽の全容がいきなり目に飛びこんで来たのである。山というより、とてつもない巨人が不意に立ちふさがったかのような驚きが鮮やかに歌いとどめられた。

題詞によると、駿河国庵原《いはら》郡、富士川のほとりの岩淵という地の旅籠「ちごや」にひと春を過ごした間、折に触れて、歌といえるほどでもないが散漫に口にした事を書きとどめた中の一首という。『野雁集』は巻末に元治元（一八六四）年五月二十三日と記されており、晩年の野雁が諸国放浪中に駿河に立ち寄った時の歌と考えられる。一首の内容からすると、「ちごや」に投宿した直後の体験を歌っているのだろう。

和歌史上の富嶽詠の嚆矢は、山部赤人の「富士の山を詠む歌」の長歌（万葉　巻3・三一七）だが、これは富嶽の神々しい威容を様式的に叙した山ぼめの歌である。この歌に「富士の高嶺を　天の原ふりさけみれば」という一節が見える。掲出歌は赤人詠のこの表現を遠く意識していたかと思われる。意識はしていても、即物的実感をむんずとつかみ取るような自由な歌いぶりは古代和歌からは遠い。

野雁は万葉の注釈書『万葉集新考』三十巻を残した幕末の国学者として記憶されるが、むしろこうした自由奔放な作歌のほうこそ顧みられるべきであろう。岩代国（福島県）に生まれ国学を学んだが、晩年は弊衣をまとい諸国を放浪、明治維新の前年に死ぬ。『野雁集』には貧しい境涯を詠む歌も多いが、作風は自在飄逸、人間的な味わいを深く湛える。

蟻と蟻うなづきあひて何か事ありげに奔《はし》る西へ東へ　橘曙覧　志濃夫廼舎歌集　六九二

「聚蟻」と題された九首中の一首。集団生活を営む蟻の生態を細やかに観察した一連だが、「盾鉾を伏せて仇《あだ》まつつはものの法《のり》に出でくる士あなの蟻」（六八七）、「ものかげに穴はかならずよりてほる蟻は軍《いくさ》の法うまくえて」（六九〇）など、蟻の群れを軍隊組織に見立てた歌も混じる。幼い少年の夢中を思わせる歌いぶりである。

『徒然草』七四段は「蟻のごとくに集りて、東西に急ぎ、南北に走《わし》る人」云々と人間の営みを蟻に譬える。掲出歌にはこの一節の影響があろう。兼好には愚かな人間たちが蟻に見えた。曙覧には蟻が人に見えたが、それは蟻の視点で微細な行動を観察した結果だった。地面を動きまわる蟻同士はしばしば衝突、触覚で互いを確認し合う。それを神妙にうなづき合い密談でも交していると見る。このあたり、なんともおかしい。このユーモアは橘曙覧という人物の味ともいえよう。

和歌の題材として蟻を連作九首に歌ったのも珍しい。和歌的約束事に囚われず、心が動かされたものを自在に歌にするという曙覧の作歌姿勢は、正岡子規をはじめとする明治新派和歌系の歌人たちに高く評価された。若き日の窪田空穂などは曙覧の歌に自由な近代的個の面影を見たのだった。

『志濃夫廼舎歌集』は曙覧の子井出今滋が明治になって出版した。その跋文、旧福井藩主松平春嶽「橘曙覧の家にいたる詞」が実にいい。障子は破れ、畳のすり切れたあばら家に襤褸を纏って暮らしてはいても、書物を豊かに蓄え、ひたむきに歌文の道を生きる曙覧の「心のみやび」を春嶽は称賛、不足のない生活にありながら貧寒たるわが精神生活を恥じた文章である。地面に這いつくばって蟻をひねもす観察し、楽しげに歌にするような暮らしの豊かさを見抜いていたのだろう。

いつしかとまたく心を脛《はぎ》にあげて天の河原を今日や渡らむ

藤原兼輔　古今和歌集　巻19・一〇一四

部立でいうと、雑歌ではなく雑体《ざってい》に分類された誹諧（俳諧）歌である。『古今和歌集』の雑体は旋頭歌、長歌といった短歌形式以外の歌体を括った部立だから、なぜここに短歌形式の誹諧歌を収録したのか意図はわからない。ともあれ、凝った修辞やあらわな俗語などを交えて、ことさら滑稽な表現に仕立てた雑歌の一種を誹諧歌と見なしたようである。

滑稽ということでいえば、掲出歌の笑いのポイントは「またく心を脛にあげて」にある。早く会いたいとはやりたつ思いに脛を露出させ、天の川を今日わたるのだろう、と歌う（「またく」の解釈は小学館『古典文学全集』本頭注説に従う）。はやる心を抑えきれず浅瀬で舟を飛び降り、衣の裾をまくりあげ、がむしゃらに川の流れを横切っている場面なのである。

題詞に「七月六日、七夕の心をよみける」とあるように、題材は七夕。むろん、脛をあらわにして川をわたるのは牽牛である。七夕における牽牛織女の哀切な逢瀬が秋の歌題になるのは『万葉集』に始まる。その段階で、織女が絢爛たるカササギの橋を牛車でわたって牽牛に会うという中国詩のイメージは、ほぼ日本風の忍びやかな妻問いの歌に変わり、牽牛は人知れず天の川を漕ぎわたる。この歌の滑稽さは、そんな牽牛の胸のうちを見透かしたような辛辣なうがちにある。

宮中の七夕節会でも歌は披露されたが、これは私的な宴での座興と考えるのがいい。賀茂川の堤にあった堤中納言邸（兼輔邸）は貫之、躬恒らを擁した多彩な文芸サロンとなっていたようだから、戯笑性に富んだ俗な歌も飛び交ったのであろう。こういう俗を楽しむセンスが、風雅や数寄といった王朝美学を対極で支えていたのである。

羽《は》音《おと》してわたるからすのひと声に軒ばの空は雲あけぬなり

花園院　風雅和歌集　巻16・一六三四

和歌の題材として避けられる風物がある。例えば、鴉はその典型的なものであったと思う。勅撰和歌集の二十一代五百年間でも鴉はわずか十例余りしか題材となっていない。しかも、その大半が『風雅和歌集』に収録された京極派歌人たちの歌ということになる。

羽音を立てて飛びわたっていく鴉の一声で、今まで明けきらなかった宮の軒先から見えるしののめの曇り空が一気に明けてしまった、というのである。この鴉はいわゆる「明烏《あけがらす》」ということになる。あの騒々しいはばたきと間のぬけた散文的な鴉の声が、九重のかなたの澄みわたった朝空をもたらしたかのような発想と表現は、きわめて斬新で、それゆえ爽やかなものを感じる。

題詞に「百首御歌の中に」とある。これは『風雅和歌集』撰定の資料として光厳院がしかるべき歌人たちに百首を詠ませた「貞和《じょうわ》百首」のこと。貞和二（一三四六）年に院宣が下り、光厳院の叔父にあたる花園院も参加した。両院ともに新風、京極派の歌人でもあり、京極為兼の影響を強く受けた。二十一代集の末期に光芒を放った『風雅和歌集』はこの二人の直接の息がかかったものである。

掲出歌も為兼の説く「心のままに詞の匂ひゆく」歌ということになるが、「夜を重ね待ちかね山のほととぎす雲居のよそにひと声ぞ聞く」（新古今　巻3・二〇五）といった和歌的な定番と並べてみると、意表を突いた感がある。とはいえ和歌的約束事を離れると、鴉の羽音や鳴き声とともに明けていく朝は日常風景として違和感はない。一気呵成の調べも一首に凜とした格調を添えてゆるぎない。

おのづからあればある世にながらへて惜しむと人に見えぬべきかな

藤原定家　千載和歌集　巻17・一一一三

題詞に「百首歌中に、述懐ノ歌とてよめる」とある。これは「二見浦百首」のことで、ここから守旧派六条家などによる「新儀非拠達磨歌」という批判にさらされる定家の新風は始まった。文治二（一一八六）年、定家、二十五歳の時である。「二見浦百首」は東大寺大仏再興などのために俊乗坊重源が西行に勧進を依頼、伊勢神宮神官、御子左家周辺の歌人らに西行が呼びかけて伊勢神宮に奉納したものであった。

意志的な行動（例えば、出家）にも出ず、このようにただ生きているだけの人生を永らえていると、俗世におめおめと執着していると人には見られてしまいそうだ、というのである。人の世に留まることが屈辱でもあるかのようなにがい心境が、屈折した自意識とともに吐露されている。

この前年、定家は宮中で狼藉を働き除籍処分を喰らっていたのだ。九条兼実『玉葉』（文治元年11月25日の条）によれば、少将源雅行が定家を愚弄、激怒した定家は雅行の顔面を油蠟で殴ったと聞いたとある。定家の激しい気性を物語る事件だが、ただちに懲戒処分を受け、翌年、つまり「二見浦百首」の年に赦される。当時、確かに青年定家は生き恥をさらすような境遇に置かれていた。

「百首歌」で定家は「見わたせば花も紅葉もなかりけり浦のとまやの秋の夕暮」「うらめしや待たれ待たれてほととぎすそれかあらぬか村雨の空」といった鮮やかな新風を見せるが、一方では掲出歌のような率直な自己嫌悪の心境を隠さない。「新儀非拠達磨歌」という新風は、「おのづからあればある世にながらへ」ることを潔しとしない定家の、屈強に生きる意志の表明だったのかも知れない。

待たれこし都はおなじ都にてわが身ぞあらぬわが身なりける

宗尊《むねたか》親王　竹風和歌抄　一〇五

待ち焦がれてようやく帰って来た都は昔と同じ都ではあるけれど、わが身はといえば、昔とはすっかり変わってしまったことだ、というのである。宗尊親王が鎌倉幕府の第六代将軍職を解任され、十五年ぶりに帰京したのは文永三（一二六六）年の秋であった。まだ二十五歳の青年である。

親王の意識した歌は業平の「月やあらぬ春や昔の春ならぬわが身ひとつはもとの身にして」（古今巻15・七四七）であろう。解釈の定まらぬ歌だが、五条后藤原順子との恋が終わり、変わらぬ自然のめぐりに対して、すっかり変わってしまったわが身を嘆く歌と解しておく。親王も業平の一首をそう解した上で、京を立った十五年前の少年のわが身と失意のうちに帰京した現在のわが身をひき比べているかと思う。

親王は南北朝争乱の原因を作った後嵯峨天皇の第一皇子、卑母であったために皇太子にはなれなかった。幕府執権北条時頼に追放された第四代、五代の九条家出身の摂家将軍に代わって新将軍に迎えられる。わずか十一歳だったが、管絃、蹴鞠を愛し、和歌では「百五十番歌合」を主宰するなど鎌倉に京文化を実現しようとした。みずからの立場を明晰に意識する聡明な人物だったと思われ、武家権力の地固めを進める北条一族にとっては無難な将軍であったろう。

境遇や資質は三代将軍の実朝と似ている。実朝と違って親王は命を落とすことはなかったが、北条への叛意を疑われ京に帰される。父の後嵯峨院は幕府を恐れて、よるべない失意の息子を義絶する。

「待たれこし都」は懐かしいものだったが、わが身の落魄とともに人の心もすっかり変わっていたのだ。下二句の述懐はしみじみと哀しい。

人なしし胸の乳房をほむらにてやくすみぞめのころも着よ君

敏信母　拾遺和歌集　巻19・一二九四

題詞に「敏信が流されける時、流さるる人は重服を着てまかると聞きて、母がもとより衣に結びつけて侍りける」とある。敏信という人物は詳らかではないが、題詞を読むかぎり、律（『養老律』を基本とする刑法）に抵触し、死罪に次いで重い流罪の判決を受けた人物。未遂に終わった殺人、謀反などに連座したのだろうか。流罪には罪状に応じ、遠流《おんる》・中流《ちゅうる》・近流《ごんる》があるが、ここはいずれかわからない。

敏信の例からすると、配所に向かう時に罪人は濃い鈍色《にびいろ》の喪服、つまり重服《じゅうぶく》を着たようだ。重服は父母の喪に際して着るべき忌服とされており、兄弟姉妹、妻、子などの死の場合は、重服より薄染めの軽服《きょうぶく》を着る。染めの濃淡によって死者との関係を表そうとしたようだ。配流は当事者には死罪とほぼ変わらぬ刑罰だったわけである。

母親は配所に向かう前の息子に重服を送り、その衣に歌を添えたのだった。一人前の人間に育てあげた母の乳房の炎で焼いた炭、その墨染めの衣を着て配所に行きなさい、大切な息子よ、というほどの意。炭と墨は掛詞である。『俊頼髄脳』はこの歌を取りあげて、現在（俊頼の生きた平安後期）の衣の染料は墨ではなく「かねふし＝付子鉄漿《ふしかね》」だが、ここは連鎖する掛詞として無理はないとする。「乳房」の用例は近代短歌以降は少なくないが、古典和歌では珍しい。勅撰八代集ではこの一例のみ。母のシンボルとしての「乳房」を真正面から歌い、重服の濃染めにはこれを焼き滅ぼすような母の悲痛な思いがこめられている、と息子に伝えたかったのだ。流罪は六年以内が相場だが、果たして敏信は生きて母と再会できたのだろうか。

わがこころ慰めかねつさらしなや姥捨山《をばすてやま》に照る月を見て

読人しらず　古今和歌集　巻17・八七八

世に知られた姨捨伝説の重要なモチーフを担ってきた歌である。私の心を容易に慰めることはできなかった、月見の名所、更科の地の姨捨山の美しい月を見ても、というほどの意だが、歌のテクストとしては非常にシンプル、それゆえ読む者に深い余情を喚起させる力がある。

『大和物語』一五六段では信濃国の男の歌とされる。早くに両親を亡くした男は伯母（または叔母）に養育された。男は妻を迎えたが、妻は姑の老いさらばえた姿を嫌って男に悪口を吹きこみ、深い山に捨てて来い、と迫る。男は月明の晩、法会があると伯母を欺き、山の峰に伯母を捨てる。しかし、その恩愛を思うと心が痛み、掲出歌を歌って、ついに伯母を連れもどした。以後、この山（冠着山《かぶりきやま》）が姨捨山と呼ばれたという地名起源説話になっている。

『俊頼髄脳』では姪と伯母の物語に変わり、老いた伯母の世話に手を焼いた姪が、月明の晩、伯母を山頂に捨てる。心配になった姪が見にくると、伯母がこの歌を泣きながら歌っていたというが、やや無理がある。地名起源説話は『大和物語』からそのまま引き継がれる。『今昔物語』（巻第三〇第九）では、妻の言いなりになって、つまらぬ心を起こすな、という教訓が加わる。『更級日記』もこの伝説を強く意識した形跡があり、世阿弥の謡曲『姥捨』にも変奏版が登場する。

時代を超えて人の心の琴線に触れる真実感があったのだろう。極貧を強いられた農民の世界には凄惨でリアルな棄老伝説が多いはずだが、この伝説には人情だけでは解釈しきれない「もののあはれ」が湛えられている。その核心を担いつづけたのが、掲出歌だったのである。

西の市にただひとり出でて目並べず買ひてし絹の商《あき》じこりかも

作者未詳　万葉集　巻7・一二六四

西の市にたったひとりで出かけて、人にも見てもらわず自分ひとりの判断で買ってしまった絹織物、これはとんでもない買いぞこないだったよ、というほどの意か。「商じこり」の「じこり」には決定的な解釈がないが、沢瀉久孝『万葉集注釈』の「買いぞこない」説が以後のほぼ通説となっており、ここも沢瀉説に従うこととする。

万葉時代の藤原京にも平城京にも東西の市が立っていた。これは自然発生的なものというより、最初は行政的に設けられたようだ。当然ながら行政的監視の目が及んでいたことは、市の開閉時刻や大蔵省による度量衡器の定期検査に関する法規定（「関市令」『養老令』）などからも知られる。そうではあっても、商売の担い手は庶民である。掲出歌のような、詐欺まがいのあこぎな商売も横行した。

しかし、これはただ軽率な買いぞこないを嘆いているだけの歌とも思えない。万葉のこの種の滑稽な雑歌には寓意のある場合が多い。これに関しては諸説あるが、かなり古いものの、『万葉集古義』の「比ははじめ思ひかけたる女を、中媒をも立ず、ただわれひとりのはからひにて、はやまりて妻としたるに、後にあしきことなどありて、中たがひたるときに、悔てよめるか」云々という解釈に妙に説得力がある。

ただし「悔てよめる」のは近代的な独詠ではなく、必ず歌の場があったはずだ。大いに入れあげて妻にしたら食わせ者だったという滑稽な失敗談は、それを共有される場で歌って初めて意味がある。おそらく中下級貴族の男たちの酒宴で披露されたのではないか。とんでもない女房でね、というボヤキが笑いを呼ぶ場を私は想像してみる。

年ふればわが黒髪に白河のみづはくむまで老いにけるかな

檜垣嫗《ひがきのおうな》　後撰和歌集　巻17・一二一九

世阿弥の謡曲『檜垣』に登場する老女の亡霊が、この檜垣嫗である。肥後国岩戸で修行する僧の前に現われ、往年の白拍子時代に美貌を驕った罪障ゆえ往生できぬ苦しみを語る。その中で、掲出歌にまつわる小物語とほぼ同じことが語られるのである。

やや長めの題詞には、筑紫の白河に住んでいた檜垣嫗のもとに大宰府大弐（次官）藤原興範《おきのり》が立ち寄り、水を求めた時に掲出歌を詠んだ、とある。年齢を重ねたので私の黒髪も白くなり、白河に自分で水を汲むほどまでに零落した、というほどの意。「みづはくむまで」は瑞歯《みずは》ぐむ、つまり歯がすっかり抜けて新しい歯が生えて来そうなほど老いたという意が掛かるようだ。

一首には「かしこに名高く、事好む女になん侍りける」という左注もつく。筑紫界隈では名高い風流な女だったのである。その華やかだった人が老いて、水汲みまでするような境遇に零落した姿を都の貴公子興範に見られた。みじめきわまりない恥辱の思いのこもる一首なのだった。

『大和物語』一二六段では、興範の三十年後に大宰府大弐となった小野好古《よしふる》が水を乞う話として伝える。檜垣嫗は平和な時代の大宰府の官人層に人気を得た白拍子だったから、その零落は大宰府の荒廃にも関係があるはずだ。好古は天慶の乱で戦火に巻き込まれた大宰府方面に乱の追討使として赴いたこともある。そういう歴史的な背景を考えると、檜垣嫗物語のワキは好古がふさわしいようにも思う。ともあれ、美女と老いというテーマは王朝人の「もののあはれ」をいたく刺激したのである。

ことはりやしか憂き身なりしかあれどもよしまさるらむ人はたれかは

藤原長能　長能集　一〇四

「よしまさ」という人物から贈られた歌に藤原長能《ながよし》が答えた一首である。萩谷朴によれば、「よしまさ」は参議源能正のようだ（『平安朝歌合大成』巻二）。能正の贈歌は「そのかみのなかよしとただ知りぬれば人の数とも思ほえぬかな」（同一〇三）というもの。

昔からの仲良しの長能とはっきりわかったから一言いうが、君が車に乗せている女は人の数とも思えない、まあ、ずいぶんと卑しげな女だね、というのだ。「長能」に「仲良し」を掛けて、長能の女性の趣味の悪さをからかったのである。題詞によると、長能は賀茂祭見物で身分の卑しい女を牛車に乗せており、それを目ざとく見つけた源能正が長能のもとにこの揶揄の歌をよこしたのだった。

掲出歌は、君のいう通り、確かに俺の女はみすぼらしい、けれども、よし（それはそれとして）、まさっている女とは誰のことをいってるんだい、君の連れている女も似たようなものじゃないか、と歌う。「能正」に「よし」「優《まさ》（る）」を掛けて、当意即妙に切り返したわけだ。からかった能正は自分の連れている女のほうが遥かに趣味がいいと贈歌の言外に匂わせていたことになる。

斎院、奉幣使の華麗な行列の出る賀茂祭は平安時代の晴れの恒例行事として最大規模の祭祀。現在は五月十五日に行われるが、当時は四月の中の酉の日に催された。王朝貴族は豪華な桟敷を設けたり、贅を尽くした牛車を見物に繰り出した。いわば権勢や趣味を見せ合う場でもあったのだ。だからこそ、不用意に卑しげな女を牛車に乗せていた長能は目ざとい友人にからかわれたのだろう。

埋《うづ》み火をよそに見るこそあはれなれ消ゆれば同じ灰となる身を

相模　玉葉和歌集　巻14・二〇五六

「埋み火」は灰の中に埋めた炭火のことだが、滝澤貞夫（歌合・定数歌全釈叢書六『堀河院百首』下）によると、歌語としては題意が安定せず、勅撰集にも題の明示例は少ないが、その意は次の三通りだという。

①埋み火の灰に埋もれた様態の縁から、片思いの人の心に譬え、作者の焦がれる思いをこめる、②述懐歌として、空しく埋もれて世を経るわが身をかこつ、③埋み火を囲む冬の夜の風情を歌う。例えば、曾禰好忠の「埋み火の下に憂き身と嘆きつつはかなく消えむことをしぞ思ふ」（家集　三四五）といった述懐歌に歌われた埋み火などは、②の範囲に収まる典型であろう。

しかし、掲出歌はいささか趣が異なる。灰の中に埋もれた火を自分とは無縁なものとして見るのは感慨深い、私だって消えてしまえば同じように灰となる身であるのに、と歌うのである。題詞に「うづみ火を」とあるから題詠と見るべきだろうが、少なくとも先の三類型に収まるものではない。この歌の表現では、まぎれもなく埋み火に荼毘にふされて灰と帰す人の骨のイメージが直接的に浮かびあがる。

京の葬送地、火葬場としては鳥部野や化野《あだしの》が歌枕としても広く知られるが、おそらく相模の脳裏には、こうした場所でつぶさに目にしたイメージが埋み火に重なっていたのではないか。他人のなれの果ての灰は何度も目にしては来たが、自分に引きつけると遠いよそごとのようにしか思えぬ今の心境の不思議を率直に歌ったものと考えたい。優美な修辞技巧を駆使した王朝歌人だが、この歌は自分にいい聞かせるような述懐歌として味わいがある。

賤《しづ》が女《め》が門《かど》のほし瓜取り入れよ風ゆふだちて雨こぼれ来ぬ

小沢蘆庵　六条詠草　五一五

蘆庵は京都堂上歌壇の重鎮、冷泉為村（後に正二位権大納言）に師事していたが、安永二（一七七三）年、破門される。それから、いわゆる「ただごと歌」論を掲げて一家を成した。古典和歌を規範とする堂上歌壇の権威を向こうにまわして新風を掲げたわけだが、掲出歌のような一首にはその心意気の一端がうかがえる。

百姓家の門辺に瓜（縦に割った白瓜に塩をまぶして乾し、保存食とする）が干してあるが、おかみさん、その瓜を早く家の中に取り入れなさい、にわかに風が吹いてきて夕立が天からこぼれ落ちて来たぞ、と歌う。干し瓜は後に夏の俳諧季語となるから、ここも夏の場面である。同じく農民を題材とした旧師為村の「此のごろは水せきいれて千町田《ちまちだ》に隙なく賤が早苗とるなり」（為村集　六八〇）、「賤が住む里の垣根は遠くともあふち花咲く陰やとはまし」（同七三八）といった歌と較べると、掲出歌の新鮮な味わいが際立つ。

為村の歌では「賤」はいくぶん田園趣味のかかった歌材や歌題として景を構成する一部に過ぎないが、掲出歌は明らかに農村の生活に身をもって踏みこんだ境地が歌われている。一首全体が「賤が女」と同じ場と視線に立って、彼女への肉声に近い呼びかけになっているわけである。

「ただいま思へる事を、わがいはるる詞をもて、ことわりの聞ゆるやうにいひいづる、これを歌とはいふなり」（『布留の中道』）という歌論を生き生きと実践したような歌といえるだろう。掲出歌からは動きをともなった生活の情景が鮮やかに浮かび上がる。いい歌だと思う。

めせやめせ夕餉の妻木はやくめせ帰るさ遠し大原の里

香川景樹　桂園一枝　九七四

題詞に「黒木売るかたに」とある。黒木とは木を三十センチ程度に切り、竈で黒く蒸した薪。こうした薪炭の類は、古くから比叡山山麓の大原（「おはら」「おおはら」の両訓あり）が供給地であった。これを頭上に載せて洛中に売り歩く行商が「大原女」（「小原女」とも）であり、平安時代から近代に至るまで続いた。

掲出歌は、この大原女の行商の際の口上をほとんどそのまま歌の表現に取りこんだかのような生彩を放っている。召せや、召せ、夕餉の妻木（薪）を早く召せ、私の帰る道は遠い大原でございますから、というのである。「召せ」は、お買いになりなさい、という意である。

『土佐日記』二月五日の条に「御舟《みふね》よりおほせ給《た》ぶなり朝北《あさきた》の出で来ぬさきに綱手はや引け」という舟の舵取りの指令が和歌のようだと紀貫之一行を感心させる場面がある。ここも大原女の口上がおのずから短歌形式になっていたとも考えられるが、それは上三句までのことだったろう。景樹の耳が大原女の口上から歌の韻律を聴き分け、それにふさわしい下句を添えたと考えるのがいい。サ行の多い軽快な調べを一首に演出したのであろう。

景樹歌論によれば、歌は今日の事情を述べるものであり、今日の事情は今日のことばで述べる。そして「今日の言語は即ち俗言也」ということになる（『随所師説』）。掲出歌は、この歌論をそのまま実践したかのような一首。さらに景樹は、これを俳諧歌として詠んだ。確かに、帰り道が遠いからさっさと買ってちょうだい、というあたり、庶民のたくましい生活のユーモアが漂っている。

美酒《うまさけ》にわれ酔ひにけりかしらゑひ手ゑひ足ゑひわれゑひにけり

清水浜臣　泊洦舎集《ささなみのや》　巻六

清水浜臣は江戸派村田春海《はるみ》の門下、春海亡き後は江戸派の作歌指導を担い、その歌学普及や古典研究の中心人物となった。家集『泊洦舎集』は浜臣没後五年の文政十二（一八二九）年、子の光房と門下が編纂した。全八巻、歌数一一七〇首、堂々たる歌集である。

掲出歌は、物の名の題詠がならぶ巻六雑下の「酒」と題された一首。うまい酒に俺はすっかり酔ってしまった、頭も酔い、手も酔い、足も酔って、体のすみずみまで酔ってしまったよ、と歌う。頭から始まって全身に酔いがまわった陶然たる気分を、「ゑひ」を五回にわたってリズミカルに畳みかけながら歌いあげ、軽妙でありながら骨太な「酒楽歌《さかぐらうた》」に仕立て上げている。

ただし、この歌には二つの粉本があるはずだ。ひとつは「須須許理《すすこり》が醸みし御酒にわれ酔ひにけり事無酒笑酒《ことなぐしゑぐし》にわれ酔ひにけり」（記49）という、百済《くだら》からの醸造酒伝来の起源を伝えた応神記の旋頭歌体歌謡。もうひとつは、鎌倉期の一般向け有職故実書『拾芥抄《しゅうがいしょう》』にある、夜歩きする途中に唱える「カタシハヤ　エカサニクリニ　タメルサケ　テヱヒアシヱヒ　我シコリケリ」（諸頌部第十九）という謎めいた呪文である。

傍線部を組み合わせると、ほぼ浜臣の一首になる。浜臣の古典研究の余禄として、こういう楽しげな歌が詠まれたものと思われる。身の憂さ、世の憂さを晴らすものとしての酒ではなく、酒のもたらす身体的な心地よさを手放しな軽快さで歌いあげる一首として忘れがたい味がある。

朝いでに吉備の豊御酒《とよみき》のみかへしいはじとすれどしひてかなしき

源俊頼　散木奇歌集　巻9・一五一一

題詞に「恨躬恥運雑歌百首」（身を恨み運を恥づる歌百首）とある。先に「ふしづけしおどろの下に」という、同じ一連百首から身の不遇をかこつ述懐歌を引いたが、同じく酒の登場する歌でも、これは前述の清水浜臣の「酒楽歌」などとはかなり趣を異にする、にがい味の歌。

朝、家を出る際に、吉備の美酒の杯を何杯も重ね（酔いの力を借りて）、わが身の不遇などは決して口に出すまいと努めてはみるものの、それでも無闇に悲しくてならない、と歌う。具体的状況はいまひとつ理解しがたいが、出仕の際の朝酒の力を借りて、官人仲間に不平をかこつような無様は見せまい、という作意があると考えられる。

「朝いで」という語は、先蹤として「朝戸出」という万葉相聞語があるが、前代、同時代には用例がない。三代集的な規範を超えようとした俊頼の万葉享受の結実のひとつと考えられる。「吉備の豊御酒」なども『万葉集』の香りのする語である。「古人《ふるひと》のたまへしめたる吉備の酒」（万葉　巻4・五五四）などの類例がある。

『万葉集』からの影響は語彙のみにとどまらない。大伴旅人の「験《しるし》なき物を思はずは一杯《ひとつき》の濁れる酒を飲むべくあるらし」（万葉　巻3・三三八）、「賢《さか》しみと物言ふよりは酒飲みて酔ひ泣きするし優りたるらし」（同三四一）などの「讃酒歌」一連からの影響はまぎれもない。ただし、旅人と異なり、俊頼の酒は悲嘆を忘却させるものではなく、かえって呼び醒ますようである。古典を踏まえて、むしろ新境地を開こうとした俊頼の意気込みを見て取ってもいいかも知れない。

枯れわたる秋を萌えづる春にしばたくらぶるだに愚かなりけり

田安宗武　悠然院様御詠草　一二九

これは、いわゆる『国歌八論』論争の渦中にあった当時の宗武の一首である。論争を背景にしているから、剛直にして簡潔ひとすじの宗武流の歌いかたが、いっそう剛直簡潔というか、ここまでいってのけるか、という激しさを増しているのがおもしろいといえばおもしろい。

あたり一面が枯れてしまう秋を新芽の萌え出る春にしばしでも較べること、それ自体が愚かなことだ、と歌う。標的になっているのは、額田王の春秋判定歌（万葉　巻1・一六）である。この歌が宗武の癇にさわったのは、春山の百花繚乱の美、秋山の紅葉の美をならべ、春は山に草が生い茂って花を採りに行けないが、下草の枯れた秋山ならば紅葉を手に取れるという理由だけで、秋山を優れたものとする王の媚態を含んだ恣意的な美意識である。

寛保二（一七四二）年、宗武の師荷田在満《かだありまろ》が『国歌八論』を書く。その「翫歌論」で在満の説いた、和歌の現実的効用や政教的効用の否定、無用の美を翫ぶだけの文芸という消極的な主張に対して宗武は異を唱えた。朱子学的な理念に基づく実感を重んずる作歌が彼の理想だった。宗武は徳川家の治者の一人だったのだ。論争の一連として、生命の春をその凋落の秋に劣るなどと恣意的に歌う春秋判定歌は人間の自然な実情にもとる、とする批判を『臆説剰言』に述べた。

『臆説剰言』は在満に向けてではなく、論争に参加した賀茂真淵（後の宗武の師）に対するもの。額田王を「人の情にたがひてぞ聞ゆ」とする宗武は強張ってはいるが、どこか率直の響きがある。これに応えた真淵『再奉答金吾君書』の柔らかい額田王擁護論がなかなかいい。

山はさけ海はあせなむ世なりとも君にふたごころわがあらめやも

源実朝　新勅撰和歌集　巻17・一二〇四

題詞に「ひとりおもひをのべ侍りける歌」とある。『新勅撰和歌集』の編者藤原定家は一首を独詠的な述懐歌として扱っている。出典となる『金槐和歌集』には「太上天皇御書下預時歌」という題詞が付されており、本来は後鳥羽上皇からの書簡に思いを発した歌と考えられよう。勅撰集ということから定家は事実関係を朧化したようだ。

山は裂け、海は荒れ果てるような世であっても、上皇様に背く心など私にはありません、という。三句「あせなむ」の「あす」は、水が涸れて浅くなるとする解釈も多いようだが、「あるる事」（『奥義抄』）、「かはりそんじたるよし」（『八雲御抄』）という実朝と同時代の語義を生かしたい。荒れ果てるという意味である。

建暦三（一二一三）年五月、頼朝以来の幕臣和田義盛の叛乱が鎌倉で起き、都には実朝死亡の噂が流れる（『明月記』建暦三年八月十一日）。その二日後、定家は愛弟子実朝に書状を出すが、その際、幕府には内密に後鳥羽院の書状も添えられたのではないかとする説がある（鎌田五郎『源実朝の作家論的研究』）。当時、鎌倉には大地震も起きていた（『吾妻鏡』建暦三年五月二十一日）。

「山はさけ海はあせなん」は実朝が目のあたりにした現実だったようだ。後鳥羽院の書状はその慰労や見舞いでもあったろう。院の厚情に若い実朝は「君にふたごころわがあらめやも」と純朴そのものの万葉調で応えたのであった。一首は『新勅撰和歌集』雑歌部の末尾に置かれているが、ここに、たとえ武家の時代であろうとも勅撰集には王朝の天皇尊重の秩序を具現しようとした定家の試みを見る中川博夫説（『中世文学研究』）に説得力がある。

ながらへばまたこのごろやしのばれむ憂しと見し世ぞ今は恋しき

藤原清輔　新古今和歌集　巻18・一八四三

藤原定家は『新古今和歌集』のみならず、『小倉百人一首』『百人秀歌』『近代秀歌』にも、この一首を採っている。六条家当主の藤原清輔は、かつて父俊成と院政期歌壇の覇権を争った人物である。厖大な史実に基づいた歌学書『袋草子』を著した博学の歌学者でもある。新興御子左家にとっては守旧派最大のライバルだったが、この一首は定家にとっては、そうした狭い党派や流派のバイアスを超える秀歌だったようだ。

『新古今和歌集』では「題しらず」の歌だが、出典『清輔集』には「いにしへおもひいでられけるころ、三条内大臣いまだ中将にておはしける時、つかはしける」という題詞がある。『定本書陵部御所本』における「三条内大臣」は、『群書類従本』では「三条大納言」となっている。内大臣ならば清輔の一歳上の従兄藤原公教《きんのり》、大納言ならば公教の子、四十三歳年下の実房が該当する。

もし生き永らえたならば、また現在のことも懐かしく思い出されるだろうか、（きっと、そうだ）、あのつらい時代が今となっては恋しいのだから、という。みずからの人生を顧みて、歳月の恩寵を説きながら人を励ますような深い味わいがにじむ。励まされているのは、公教か実房か。

老成した味わいを年齢相応とすると、甥実房が中将時代に六十歳前後だった清輔がふさわしい。しかし、従兄公教の当該時期に三十歳前後の壮年期だった清輔を私は想像したい。清輔は四十代後半まで官途も歌も不遇だった。一首は同世代の従兄だけでなく、不遇なわが身の現在を励ます自愛と智慧の歌とも読めるからである。こういう述懐の湛える深い味わいも定家は見のがさなかった。

あとがき

あてどもなく、あちこちをほっつき歩くことを「そぞろ歩き」という。その意味では、本書はまさに「古歌そぞろ歩き」の産物である。奥知れぬ古典の森をほっつき歩いては、心を動かされた和歌のスケッチやらメモやらを書き綴った記録である。そもそも私は学部、大学院からその後の教員生活を通して、もっぱら記紀歌謡や『万葉集』といった和歌草創期の歌ばかりを読んできた。とはいえ、歌に限らず過去の遺産は、当該時期に狭く限定するよりも、時代区分を超えた長く広い歴史的な見通しの上で見たほうが遥かにおもしろい。それぞれの時代や社会の事情を負った遺産は、こうした見通しの下に相対化することで、むしろその存在理由や個性が多面的に見えてくるからだ。

そういう意識は早くからあったのだが、生来の怠け者のせいもあって、おびただしい古歌の群生する森に正面から踏み入ることは考えるだけでめまいがするようだった。例えば、本書引用歌の基本テクストは『新編国歌大観』に従っているが、第一巻「勅撰集編」は勅撰二十一代集とその異本および準勅撰の『新葉和歌集』、さらに『拾遺抄』を総計すると優に三万五千首を超える。『新編国歌大観』は全十巻、これに『新編私家集大成』全七巻、そのほか歌合や近世和歌のおびただしい校本類を加えると、古歌の森の広大無辺なスケールにただ息を呑むしかない。ここに平安期以来の厖大な研究史・読解史が累積しているのである。

とはいえ、この森に気ままに入っては、これはと思う古歌を拾ってくるだけのことなら、若いころからわりあいまめにやってきたし、それは自作短歌の参考や示唆にもなっていたかも知れない。とにかく、漫然と読んでいる分には、こんなに楽しいことばの森はほかにはない。折しも、『歌壇』編集長の奥田洋子氏から、古典和歌の連載をやってみないか、というお誘いを受けた。六年前のことである。歌に関心のある広い一般読者層が対象となるから、奥田氏は四十回連載で各回に古典和歌五首のわかりやすい鑑賞を提案された。私にとっては渡りに舟、これならば研究者的なアプローチではなく、今までどおり、気ままに森の一隅をほっつき歩いては、目に留まった歌を拾うといった調子で書けると思った。ありがたい提案であった。

＊

本書の引用歌は、先に触れたように、原則として角川書店『新編国歌大観』のテクストに従っている。その他、適宜、岩波書店『日本古典文学大系』『新日本古典文学大系』、小学館『日本古典文学全集』『新編日本古典文学全集』、新潮社『新潮日本古典集成』、明治書院『新編私家集大成』ほかのテクストも参考にしている。また、上記の諸本に掲載されていない近世歌人（霊元院・大倉鷲夫・安藤野雁・清水浜臣など）の歌に関しては、講談社復刻本『校註国歌大系』、明治書院『近世和歌撰集集成』、紅玉堂書店『近世万葉調短歌集成』を使った。なお、本書に引用するにあたって、現代の読者の読みやすいものとなるよう、適宜、歌の表記に漢字を交えたり、平仮名に開いたり、あるいは送り仮名を加えたりした。また必要に応じてルビも付した。

＊

思えば、「そぞろ歩き」というのは便利なタイトルであったが、足かけ四年、実際にこうして二百首鑑賞を書き終えてみると、案外、あてどなくほっつき歩いたという風でもない。選びだした古歌には、私のつたない和歌史観やバイアスがそれなりに働いていたのだった。その例をあげると、まず私は平安期以降の歌では『万葉集』の香りのするものに、おのずから魅かれていたようなのである。本書には万葉復興期を生きた曾禰好忠や源俊頼、また田安宗武や良寛、橘曙覧をはじめとする江戸の万葉ぶりの歌人の作品が多い。もうひとつあげれば、中世では京極派の歌を多く選んでいる。京極為兼とその影響下の天皇・法皇らの実感尊重、シンプルな詠風に魅力を感じていたことが改めてわかる。俊成、定家の歌も京極派歌論のバイアスで見ていたかも知れない。そうだとすれば、本書に見え隠れする和歌史の見通しは、正確には私の歌よみとしての志向や経験と重なっているのだろう。あるいは批評的な見幅を語っているともいえる。我ながら狭く貧しいと思わざるを得ぬが、とりあえず、私なりに評価し、おもしろく、また味わい深いと感じた古歌の一端は書きとどめたつもりではいる。奥田洋子氏ならびに本書刊行の実務を担っていただいた沼倉由穂氏に感謝申し上げる。

平成二十九年一月

島田修三

初句索引（五十音順）

＊初句が同じ歌は、異同のある句まで表した

あ行

や行

ら・わ行

著者略歴

島田　修三（しまだ・しゅうぞう）

昭和25年、横浜市に生まれる。早稲田大学大学院文学研究科博士課程後期中退。専攻は上代日本文学。昭和50年、「まひる野」入会。現在、同誌編集委員。
主な歌集に『晴朗悲歌集』、『東海憑曲集』、『シジフオスの朝』（第7回寺山修司短歌賞）、『東洋の秋』（第6回前川佐美雄賞、第9回山本健吉文学賞）、『蓬歳断想録』（第15回若山牧水賞、第1回中日短歌大賞、第45回迢空賞）、『帰去来の朝』など、主な研究書・歌書に『古代和歌生成史論』、『短歌入門』、『「おんな歌」論序説』などがある。平成23年より愛知淑徳大学学長。

古歌《こか》そぞろ歩《ある》き

2017年2月10日　第1刷

著　者　島田　修三

発行者　奥田　洋子

発行所　本阿弥《ほんあみ》書店

東京都千代田区猿楽町2－1－8　三恵ビル　〒101－0064
電話　03－3294－7068（代）　振替　00100－5－164430

印刷・製本　三和印刷

定価はカバーに表示してあります。

ISBN978-4-7768-1296-8（3014）　C0092　Printed in Japan